恋文

情書

連城三紀彥
れんじょうみきひこ

王蘊潔——譯

代序

連城三紀彥的作品風格

喜歡日本文學的讀者，對連城三紀彥應該不陌生吧！他是明治維新（一八六八年）以來，唯一兩棲於推理小說與愛情小說的作家。過去，久生十蘭和坂口安吾雖然發表過不少推理小說，在推理小說史上佔有重要地位，但是他們的創作主力在純文學。又，水上勉和黑岩重吾在社會派推理小說興起時，也寫過不少推理小說，但是不到幾年，他們就改弦易轍創作愛情小說或風俗小說，不再撰寫推理小說。

連城三紀彥則不同，出道至今近三十年，卻一直維持推理與愛情兩線並行不輟的創作。連城三紀彥，本名加藤甚吾，一九四八年一月十一日生於名古屋市。早稻田政治經濟學部畢業。在學時對文學、演劇、電影感興趣，畢業後考進大映電影公司的劇本研究，之後留學法國，於巴黎學習電影劇本創作。歸國後回故鄉名古屋，在姊姊創辦的升學補習班教英文，並嘗試創作。

一九七八年一月，以〈變調二人羽織〉（二人羽織是日本單口相聲的題目。羽織是和服的外套）獲「幻影城」第三屆新人小說獎。是一篇結構複雜的不可能犯罪型解謎推理小說，與之後的作品風格稍異。之後，連城在《幻影城》接連發表不同於已往推理小說形式、以「愛」與「死」爲主題的「花葬」系列，每篇都以日本撲克牌「花札」裡的花點綴故事。花葬系列風格獨特，難以歸類，筆者認爲是解謎推理的變種，作品本質仍是解謎，但從另一個角度來看，則是屬於愛情推理小說，是連城愛情小說的原點。

花葬系列第六篇〈菖蒲之舟〉（原名〈返迴川殉情〉，返迴川指海水倒灌之河，非河名），於一九八一年獲得第三十四屆日本推理作家協會獎，同時入圍第八十三屆直木獎。

直木獎與芥川獎是日本最有權威的文學獎，前者是頒與新進大眾小說家，後者是頒與新進純文學作家。這是一九三五年文學巨擘菊池寬爲了紀念早逝的故友——大眾小說家直木三十五和純文學作家芥川龍之介——的貢獻而創設，現在授權日本文學振興會主辦，每年頒獎兩次，至今已七十多年歷史，得獎作家大多成爲日本文壇的核心。連城三紀彥曾五次入圍直木獎，上述的〈返迴川殉情〉之外，〈白花〉、〈黑髮〉、〈死在港都〉三篇入圍第八十八屆，〈紅唇〉入圍八十九屆、〈宵待草夜情〉入圍九十屆，愛情小說集《情書》（實際上是〈紅唇〉以外的四篇）獲九十一屆（一九八四年上半期）直木獎，同年花葬系列的短篇集《宵待草夜情》獲第五屆吉川英治文學新人獎。

連城三紀彥的父親是淨土眞宗寺院的住持。在日本，一般寺院的住持是世襲，連城是長男，他於一九八五年出家，法名智順。因此停筆多年，還俗後繼續創作至今。

三十年來，連城所出版的作品達五十部以上，長篇、短篇集各半。因篇幅有限，簡單歸類如下，供讀者參考。連城也是長篇與短篇的雙線作家，前三類多爲短篇，後三類多爲長篇。

一、解謎推理小說：作品不多，如處女作〈變調二人羽織〉等初期作品，沒有單獨結集成書。

二、解謎推理小說的變種：大部分推理短篇都屬於這一類。如《返迴川殉情》、《宵待草夜情》、《夕萩情死》等短篇集。

三、愛情小說：《情書》之外，有《另一封情書》、《戀愛小說館》、《續・戀愛小說館》等短篇集。

四、敍述詭計推理小說：連城的長篇推理也是一種解謎推理的變種，都是在情節、結構上設計詭計，很獨特。除了處女長篇《暗色喜劇》之外，尚有《名爲我的變奏曲》、《人間動物園》等。

五、愛情懸疑小說：愛情爲主題的長篇，大多是寫愛情的糾紛，全篇充滿懸疑。有《花墜落》、《戀》、《愛情的界限》等。

六、國際謀略小說：只有《黃昏的柏林》一冊。

由此可見，連城三紀彥是一位多才多藝的作家，貫穿其作品的是連城獨特的耽美觀。

文藝評論家　傅博　二〇〇六年四月二十四日

Chapter 1

情書

到了春天，鄉子開始用不曾有過的眼神觀察將一。

在此之前，她從來沒有用看男人的眼光看將一……

但是這個笨蛋在某天清晨光著腳穿上拖鞋瀟灑地離去時，

卻散發出不同於一般男人的魅力……

1

「有什麼事嗎？不行，不能再買玩具了。已經有一整箱玩具了。不是！那到底是什麼事？我現在很忙，不管你做什麼，我都不會生氣，但是不能太過分。」

鄉子一口氣說完掛上電話後，用力吸了一口氣。剛從會議室進來的主編岡村笑嘻嘻地看著她，調侃說：

「和兒子說話，妳還眞是一副母親的架勢。那些作家有人還以爲妳仍待字閨中呢！」

調到編輯部半年的石野接著說：

「不，竹原小姐是名副其實的母親，教訓我的時候，簡直和教訓小孩沒兩樣。妳兒子是叫小優吧，一定被妳這個教育媽媽嚇壞了。」

主編收起臉上的笑容，石野一臉微笑，鄉子看到他又用嘴唇舔鉛筆芯，脫口便說：「你看看……」但是她趕緊把已經到嘴邊的「我說了多少次，叫你不要舔鉛筆」這後半句話給吞了回去。

石野說得沒錯。這一陣子，她面對比自己小的男人，都會不自覺地流露出母親對待小孩的態度。

春假結束後，小優就要升上小學四年級。鄉子進入這家女性雜誌工作的翌年，和丈夫結婚後，很快就生下這個孩子。兒子讀幼稚園之前，都是由當時住東京的母親幫忙照顧。母親跟隨兄長夫妻倆轉調去了札幌之後，她就對小優說：「小優，你馬上就要讀小學了，我想你應該知道，媽媽希望搬離這個小公寓，和你，還有爸爸一起住進有院子、可以看見大海的大房子。所以，當別人的媽媽在玩的時候，媽媽必須工作。當媽媽和爸爸死了之後，那幢房子就是你的。」雖然想要住大房子這一點是事實，但說穿了，只是用這番聽起來賺人熱淚的話，巧妙地掩飾自己基於興趣想繼續工作的眞心，讓孩子成爲名副其實的鑰匙兒。

她將自己無法全心全意照顧孩子一事美其名爲小孩子也有獨立的人格，必須尊重他的自由。這是她將自己所負責的一位女性評論家的意見，現學現賣地做爲自己育兒的信條。話雖如此，但她還是像世上的母親一樣，很自然地把孩子當成自己養的貓似的，含在嘴裡怕化了，捧在手心怕摔著，整天嘮嘮叨叨地叮嚀、說個沒完。

其實，她面對比自己小的男生會不禁流露出母親的口吻，不光是因爲小優的關係。

「你兒子會打電話到公司來找妳，表示他很孤單。怎麼樣，要不要請個年假，帶他出去走一走？」

「好啊！」

鄉子曖昧地笑了笑，便又埋頭校對。

她實在無法告訴他們，剛才的電話是丈夫將一打來的，更無法啓齒的是自己正爲一個三十四歲的男人，而且是在國中教美術、被眾人尊稱爲老師的男人買了太多玩具而傷透腦筋；像是附軌道的火車、一些亂七八糟的超人和機關槍之類的玩具。雖然他一開始是幫小優買的，久而久之，將一自己卻著了迷地說：「小時候，我從來沒有摸過玩具，原來玩具這麼好玩。」最近，小優迷上顯微鏡，對那些玩具不屑一顧，而他卻嚷嚷著「這個警笛會響耶」，一個人自得其樂。

將一比鄉子小一歲。結婚時，鄉子已然到了青春的尾巴，而娃娃臉的將一就像小她兩三歲的弟弟，鄉子也很自然擺出一副「某大姊」的架勢，甚至爲此洋洋得意，但彼此的年齡差距似乎越來越大了。

隨著孩子逐漸長大，男人通常會越來越像個父親，但將一這個男人在鄉子的心裡卻越來越幼稚，小優的長大好像使得他身爲男人的成長停滯了。最近，就連當了多年的鑰匙兒、如今已經可以自主獨立的小優，也不知天高地厚地說：「爸，你的字眞醜，你眞的是學校老師嗎？」將一像洩氣的皮球般默不作聲。看到這種父子易位的光景，鄉子慌忙打圓場：「爸爸是教畫畫，和寫字沒關係。而且，爸爸的字就像畫，是一種藝術。」替將一重振父親的威嚴。

將一不曾因爲鄉子工作忙而幫忙照顧小優，相反的，如果不管他，他可以一連好幾天不洗澡、不刷牙，讓鄉子好不煩心。如今小優逐漸長大，自己也累積了工作資歷，在自己的周遭，只有將一仍是一張娃娃臉，有時候難免覺得他靠不住。當初決定結婚時，母親面有難色地說：「男人小一歲，就等於小十歲、二十歲。」直到最近，她才體會母親的這句話。

結婚十年，雖然稱不上一帆風順，至少順利走了過來。一路走來，有不少小波折，但仔細想想，小優不曾讓她操心，反倒是丈夫將一，每次突如其來地說一些莫名其妙的話，讓鄉子不知所措。剛才的電話裡，他也是劈頭就說：

「我可能做了不該做的事，所以先向妳道歉。」

鄉子還沒開口，他就連說了三次「對不起」。

他到底做了什麼？

雖然他的聲音聽起來像是開玩笑，鄉子還是很在意他特地打電話到公司來的這件事，但是聽到主編問「七點之前可以截稿嗎」，便立刻將它拋諸腦後了。

「傍晚那通電話是怎麼回事？」

鄉子八點回到公寓，獨自吃著晚餐時問道。在一旁喝啤酒陪鄉子吃飯的將一咧開了嘴，露出特有的笑容，抬了抬下巴指著裡面房間的窗戶。

面向馬路的毛玻璃窗戶上黏著白色的點狀物。有點近視的鄉子瞇起眼睛調整焦距，這才發現那不是白色，而是淡粉紅色的櫻花花瓣，是用顏料之類的東西畫上的。二、三十片同實物大小的花瓣畫在玻璃上，看起來彷彿正飄落河面一般。

「好漂亮。是顏料嗎?」

「才不是,是媽媽擦指甲的東西。」小優一邊看電視一邊翻著新買的國語辭典,用叛徒告密的口吻說道:「爸爸用完了整整兩瓶。」

「討厭,那個很貴耶!我很喜歡那個顏色,特地多買了一瓶……」

「所以我才跟妳說對不起嘛。」

將一仍然一臉笑容。看到他這樣的表情,鄉子像往常一樣,覺得又被他敷衍了。

「算了。只要不是像上次那樣,撕破兩萬圓的馬票撒向空中就好了。」

「那已經是去年的事了,妳也該忘了吧!」

「怎麼可能忘?往事又不是月曆,想丟就丟。」

無論是五年前的外遇,還是前年在酒店喝酒鬧事差一點上社會新聞,對我來說都像昨天發生的一樣。鄉子心裡這麼想著,半開玩笑地瞪著他,將一不敢直視她,只說「媽媽好可怕」,便躺到小優旁邊尋求他的認同,但小優只是不以為然地笑了笑。

「你還笑。小鬼,你不知道我是你老爸嗎?」

將一說著便撲了上去。

「你們別鬧了。上次還去抗議樓下的音響開得太大聲,如果我們也吵吵鬧鬧,不是落人話柄嗎?」

兩個男人無視鄉子的話，在狹小的房間內翻滾。事後回想起來，那時候將一已經下定決心了，但從他和孩子打鬧的身影，完全看不出任何蹊蹺。夜深時，鄉子洗完澡，正往臉上擦乳霜，先鑽進被子的將一很難得地翻閱鄉子編輯的女性雜誌，突然問道：「如果我們分手，妳希望我對妳說什麼？」

「爲什麼這麼問？」

「沒什麼。小時候我父親不是不告而別嗎？我常想，如果他當初留下一言半語，我母親或許會好過點。」

原來將一是在看雜誌上「分手男人那句刻骨銘心的話」特輯。

「噢，那應該希望你對我說『好好加油』吧。我們一旦分手，小優當然跟我，對不對？雖說現在的女人很能幹，但即使現在，一個女人要扶養孩子長大也是很辛苦的。」

「好好加油嗎……好像很普通耶！」

將一和平常一樣打了一個大大的呵欠，將雜誌丟在一旁，閉上眼睛。

第二天清晨，鄉子一度被將一起床的聲音吵醒。

「你這麼早起來幹麼？」

「沒事，我的菸抽完了，去買包菸。」

窗外仍是一片夜色，微弱的光線將指甲油畫上的花瓣襯托得十分透亮，鄉子的意識又再度模糊遠去，她閉上眼睛，黑暗中盡是滿滿的花瓣。丈夫在公寓走道上的拖鞋聲彷彿是輕輕踩著這些花瓣而漸漸遠去。

再度進入夢鄉的鄉子又被小優叫醒了。

「爸好像離家出走了……桌子上放了一封女人的信。」

小優有些漢字還不識得，只能看懂大概的意思。是寫給爸的情書，小優這麼說，將粉紅色的信封拿給一躍而起的鄉子。鄉子從小優的手上搶過信封，耳邊響起昨天傍晚將一在電話裡的那句「對不起」。

原來，根本不是爲指甲油的事……

2

開始放春假的第三天，我爸爸收到了情書。那時候媽媽去上班不在家，爸爸用很嚴肅的表情看信，當我伸頭想偷看時，爸爸很快把信藏了起來。過了好幾天，在三月的最後一天清晨，爸爸把這封粉紅色的情書放在桌子上，離家出走了。我也看了那封信，知道大概的內容。那個女人是爸爸結婚前交的女朋友，最近得了一種名字很複雜的病，她只能再活半年。所以，她在和爸爸分手過了十年後，很傷心地去學校找爸爸。我爸爸在學校當老師。當時，爸爸好像騙那個女人自己還沒有結婚。女人在信上說，聽到你這麼說，我真的很高興，我想了很久，決定要照你的話去做。爸爸丟下媽媽和我，去了那個女人的家。爸爸在收到這封情書之前，好像就已經決定要離家出走了。後來才知道，爸爸在放春假之前就已經向學校辭職了。媽媽並沒有像我想像的那麼慌慌張張。我媽媽很奇怪，每當爸爸遇到麻煩時，她就特別有精神。像之前，爸爸被校長臭罵一頓，氣得火冒三丈，喝了酒，和不認識的人打架，關進拘留所時，她也一樣。萬一登在報紙上或讓學校知道就不得了了。於是，媽媽打電話給一個官位比警視總監小一點點的朋友，拜託他去處理，之後她就去接爸爸回家了，那時候的媽媽，比平時更有精神。爸爸看到學生在學校偷偷抽菸就說：「既然想抽菸，就在我面前大大方方抽。」讓學生在學校裡面抽菸。爸爸因為這件事，被校長臭罵了一頓。爸爸說：「不管怎麼樣，他們都會偷偷抽。」媽媽罵他：「話是沒錯啦，但是做老師的，當然要阻止。而且，就算被校長罵，也不應該喝醉酒，和陌生人打架吧。」爸爸嘴巴上說著對不起，跪在地上道歉，又馬上笑嘻嘻的，完全看不出來真的在反省。媽媽雖然抱怨「真是拿你沒辦法」，但看起來也不像真的在生氣。這種時候的媽媽，表情很像在罵管理員奶奶的貓；每次貓搗蛋，媽媽都會罵牠「這隻貓真刁鑽」。如果真的很生氣，應該會猛踹牠或是揍牠才對，可是媽媽絕對不會那麼做。在這次離家出走的風波中，媽媽一開始也表現得特別有精神。寫那 情書的女人只留下姓名，媽媽四處打電話給可能知道爸爸下落的人。結果，瞎貓撞到死老鼠，剛好有人碰巧看到爸爸在中野一家超市的魚店工作，於是打電話來告訴媽媽。媽媽嘴巴上說「我要好好修理他」，然後半開玩笑地捲起袖子出門，她回家時把我叫了過去，告訴我：「那個女人已經住進醫院，上次動了手術，活不了多久了。她沒有親人，也沒有朋友，爸爸會一直照顧她到她死了為止。只要她死了，爸爸就會回家，就當做爸爸出差半年，這段期間就和媽媽一起好好過日子吧。」她還說：「如果有人遇到很大的困難，沒有困難的人就必須把自己的東西拿出來一起分享。」為了再過不久就會死掉的女人，還可以活很久的媽媽把爸爸讓給她半年。媽媽說，照顧快死的病人，爸爸很了不起，在一旁支持爸爸的媽媽和我也很了不起。我雖然回答：「爸爸不在，反而更清靜。」但老實說，我覺得有點寂寞。爸爸在家的時候，至少不會無聊。爸爸已經離開一個半月了，媽媽在我面前看起來比以前更開朗，但是我知道，當我上床睡覺後，她會自己一個人喝啤酒，也會在泡澡時小聲地唱「女人總難免心生眷戀」。最近，媽媽常常發呆，回過神時，會趕緊說一些快樂的話題，嘻嘻哈哈的。她很希望爸爸趕快回來，只是拚命忍住而已。其實，媽媽也很寂寞。但是必須等那個女人死了，爸爸才能回來，所以又覺得有點不忍心。這時候到底該怎麼辦呢？我想起以前聽爸爸和媽媽聊到這本雜誌有人生諮詢專欄，所以想替媽媽諮詢一下。希望你們可以解決我媽媽的煩惱。

鄉子看完這封信，久久無法抬起頭來。她去阿佐谷的作家那裡拿稿子回到編輯部時，主編岡村就把這封信丟給她，「有個小孩寫信來『人生諮詢』，但內容很有趣。」

鄉子才看了幾行就知道是小優寫的，而且筆跡也錯不了，有幾個漢字寫得太大了，筆畫都超出了橫線。張牙舞爪的漢字看起來更像象形字，一定是查了國語辭典之後照抄在信紙上的吧。雖然他就像時下的孩子，一臉父親不在也無所謂的樣子，但這種出乎意料的成熟舉動和他幼稚的字，顯得非常格格不入。

「妳覺得怎樣？我想登在下一期，大家也都同意。」

既然整個編輯部的都看過這封信，鄉子決定豁出去了。剛好大家都外出，編輯部只剩他們兩個人。

「主編，你對這位母親有什麼看法？」

「勇氣可嘉，也是時下少見的女人榜樣……雖然我很想這麼說，但應該只是虛榮吧。」

「虛榮？」

「對，我想這個女的應該比她老公大兩三歲。我也有這樣的朋友，就算老公外遇，她也表現得格外鎮定。儘管她心裡很不是滋味，但絕不會表現出來。無論是旁人還是老公，都理所當然地認爲「某大姊」應該會臨危不亂。所以，她才會在老公面前表現出一副我可以忍一般女人所不能忍的事。當然，事情應該沒這麼簡單……不過，小孩子的觀察還眞細心，說「某大姊」

對待她的男人就像對待貓一樣，雖然嘴裡罵，卻手裡安撫。」

「這點或許說對了。我想，這位太太找到老公的落腳處、主動找上門時才是關鍵。那個老公一定是嘿嘿地訕笑、連聲說對不起，於是她便不想再追究，脫口回答我知道了。這話一旦說出口就沒有轉圜的餘地，就算咬緊牙關，也要撐半年……她只是逞強而已。這個女人一定覺得，如果當初不顧一切要求丈夫回來，丈夫就會乖乖跟她回家。不，就算現在，也不算太遲。這一點雖然她心裡很清楚，但事到如今，那種話已經說不出口了……」

「妳倒是很了解嘛。」

「我當然了解……因爲，我就是那個女人。你不知道我老公比我小一歲嗎？」

說完，鄉子回頭看著一臉錯愕的岡村，擠出一個燦爛的笑容。

「……那……我聽說妳先生是學校的老師……」

「他現在穿著橡膠圍裙、雨鞋，一點都不像。我第一次看到他這副模樣，簡直不敢相信……他當老師時，看起來一點也不像老師，現在這身打扮，更覺得他眞的很不像老師。」

他那樣做是沒有用的。就算他努力擺出架勢，但是把小毛巾綁在頭上看起來就像工讀生那樣格格不入。「畫得一手好畫，人生卻很失敗」，她內心浮現的這種想法軟化了滿腔的怒火。當時將一一看到站在傍晚擁擠人群後的鄉子，隨即大聲地吆喝「歡迎光臨」以掩飾內心的尷尬。兩個人坐在超市角落一家沒什麼情調的咖啡店裡聊了一會兒。

那個女人叫田島江津子。從夜間部的高中畢業後，在一家小服裝店當裁縫。將一與鄉子結婚前曾經和她交往了一年左右。他們同年，但江津子像妹妹一樣黏人，將一受不了，於是和她分手。將一在與她分手之前便已經和鄉子交往，所以，從時間上來說，等於是將一拋棄了江津子。江津子並不知道將一結婚了，她靠著縫紉手藝養活自己。今年過年時，她在朋友家突然貧血昏倒了。去醫院檢查之後，醫生說要見家屬。她沒有家人，只好請朋友假裝是她的姊姊陪她去醫院，她好不容易才從朋友口中得知自己罹患了骨髓性白血病，日子所剩無幾。之後，她開始想有沒有想見的人，最後只想起十年前突然斷了音訊的舊情人。

「我並不是對以前拋棄她感到愧疚。她有個叔叔住在高崎，我們請他在手術同意書上蓋章，但他比江津子形容的更過分。他說，住院費他一毛也不會出，但是到時候會去參加葬禮。如果江津子死了，記得通知他一聲……她只能投靠我。我覺得身為一個人，有義務這麼做。」將一語音未落，鄉子便搶著說：「那你要怎麼負起身為丈夫、身為父親的責任？這根本是拋棄我，投向舊情人的懷抱。」儘管鄉子抗議，但看到將一連聲道歉和熟悉的笑容，氣也就消了，等回過神來，發現自己竟然脫口回答：「好，我知道了。」

只要踏錯一步，便兵敗如山倒。

「不管怎麼樣，我想見見那個女人。」將一聽到鄉子這樣的要求，他說：「不好意思，可不可以說妳是一直像親姊姊那樣很照顧我的表姊？因為，現在對江津子來說，我是她活下去的動力。」

儘管鄉子覺得這很荒唐，還是默默點頭同意。她和田島江津子第一次見面的三天後，將一打電話來：「她說和妳聊天很愉快。不好意思，可不可以請妳有空的時候偶爾來探病？」鄉子除了說「好啊」，不知該如何回答。

鄉子第一次見到江津子便對她留下好印象。她並沒有想像中漂亮，也沒有一副能幹的樣子，言談舉止散發出一種三十多歲女人難得一見的可愛。不知道是不是因爲病入膏肓的關係，她的性格有一種玻璃盒般的清澈，鄉子甚至覺得，如果她們不是以這種方式相識，或許可以成爲交心的朋友。

鄉子瞞著小優去醫院見丈夫和江津子，她每星期去一次，已經去四五次了。

「雖然心裡的確很不是滋味，但我決定把事情看得單純點。就好像我對孩子說的，那個女人沒剩多少日子了，而我還可以活很久。」

「我修正剛才的話，妳果然是勇氣可嘉。」

「謝謝你的修正。」

鄉子面帶笑容回答，但對主編說她虛榮仍然耿耿於懷。或許主編說得沒錯。原以爲自己就這次的事情做了一般妻子做不到的事，但到頭來，或許只是想讓丈夫知道自己有多麼能幹而已。自己之所以能夠包容情敵，或許也是想讓丈夫承認，身爲「某大姊」的妻子，心胸是多麼寬大。

無論鄉子當初是基於什麼動機，三個大人必須暫時維持現在的關係，但是小優該怎麼辦。看著信封上大大小小的漢字，鄉子覺得比起信的內容，小優寄出這封信的舉動更令她震驚。小優說自己是代替母親尋求人生諮詢，但他寫這封信，一定希望母親看到。原以爲他是個堅強的孩子，所以沒有太在意他，原來，當大人無視於小孩的存在，做出自私的事情時，小孩會用這種方式抗議。

「總之，這封信不能登，可以嗎？」

岡村答應如果有什麼問題可以隨時找他商量，又說：

「好強的女人還眞的是不動聲色。我完全沒有發現，春假之後，妳竟然遇到這種事。」

不知道是否爲了彌補之前的失言，他故意很有感慨地如此說道。

鄉子把信收進皮包。她不打算讓小優知道，但決定回家的時候先去醫院一趟，讓丈夫看看這封信，並拜託他抽空，下個星期天一家三口一起去鎌倉走走。自從三月底，丈夫和小優以那種方式分開後，父子倆就沒有再見過面。找一天的時間好好陪陪小優，由將一親自告訴他目前的情況，至少可以讓小優安心。

3

親子三人在鎌倉看了大佛像，沿著海岸走到由比海灘。午後，空氣裡充滿了五月的陽光、海風和浪聲，以及海平面冒著的熱氣，無不散發出假日的悠閒。小優揹著背包，戴著與父親在鎌倉商店買的同款棒球帽，鄉子撐了一把紅陽傘。

鄉子之前還爲將一和小優的久未見面感到忐忑不安，但或許是父子，也或許都是男人的關係，他們在海邊追逐海浪，玩得不亦樂乎，好像春假之後不曾發生過任何事一樣。攜家帶眷的人群勾勒出一幅假日的幸福光景，他們三個人也很自然地融入其中。

鄉子突然覺得，即使江津子取代自己走入這幅畫裡，也不會破壞整體的和諧，但她趕緊甩了甩頭。至少在今天，她希望可以忘記江津子的存在。

一艘可以容納十個人的大船被拉上了海灘。一家三口在大船旁吃便當，吃完便當，鄉子用手指戳了戳將一，暗示他該和小優聊一聊了。將一抱起小優讓他坐在船上，接著自己也跳了上去。小優兩腳用力搖著大船，將一叫了他：「小優，你聽我說。」但就只說了這句話而已。小優抬頭看著他，腳仍然搖著船，將一突然感到不好意思，便再也說不下去了。將一也學小優兩腳搖著船，他點了一支菸，突然問道：「你要不要試試……」把菸遞給小優。以前小優曾經好奇地試過沒有點火的菸，當時鄉子罵了他一頓。鄉子今天卻什麼也沒說，她把到了嘴邊的「不行」吞了回去。

在上次學生抽菸事件的幾天後，將一似乎在爲自己辯解地說：「我記得小時候讓我抽第一口菸的人。」

將一五歲時，父親離家出走，他對父親應該完全沒有印象才對，但讓他抽菸的那個人的臉卻深深印在他腦海裡。將一說：「那應該就是我父親吧。」

鄉子曾聽將一說起這件事，因而能夠理解他爲什麼讓學生抽菸。香菸是將一從父親身上實際學到的管教方式。無論對學生還是自己的孩子，將一總是手足無措，缺乏管教的能力。那是因爲他年幼時，不曾從父親身上感受過這些東西，但是香菸的煙霧是唯一的例外。將一並不恨離家出走的父親，甚至非常懷念他。對將一來說，孩提時代那一瞬間的煙霧，正是一般父親耗費一生對孩子的傾訴、責備和安慰的話語。

小優點點頭，從父親手上接過菸，鄉子只說了一句：「不能把煙吸進去，要馬上吐出來。」

小優嗆咳了一下，但還是很順利地把煙吐了出來，白色的煙隨著海風飄散。船發出吱吱咯咯的響聲，初夏蔚藍的天空下，兩頂黃色棒球帽像平行調的音符般搖擺著。將一自己又吸了一口菸，將菸蒂丟在沙灘上，吆喝著「我們去抓螃蟹」，和小優一起跑向岩石區。菸蒂埋在陽光和砂子的閃亮光中，彷彿享受著大地寧靜的一刻，悠然地吐著煙。

太陽下山後，三個人走進車站前的大眾餐廳吃晚餐。吃完晚餐，鄉子叫小優去打電動，看著小優離開後，鄉子回頭對將一說：「我只想確認一件事。」

「你是眞的愛那個女人，對吧？如果是因爲同情，就算只丟下我們半年，我也不會答應。」

將一小聲地回答：「我愛她。」

「那就好。」

鄉子說完，從皮包拿出一個裝了一疊鈔票的信封，遞到將一面前說：「這裡有兩百三十八萬兩千五百圓。」他們婚後各自拿出一半薪水做爲生活費，剩餘的錢，分別用兩個人的名義存進銀行的戶頭。昨天鄉子從丈夫的帳戶領出這筆錢。將一離開的時候身上沒帶什麼錢。他白天在超市上班，早晚各去醫院陪江津子兩個小時，晚上就睡在醫院附近租來的一間三張榻榻米大的房間。如果江津子可以換到單人房，晚上將一就可以陪在一旁。但鄉子之前聽說江津子的存款只夠勉強支付手術費和住院費。

鄉子指著存摺上十八圓的餘額說：

「剩下的十八圓，代表我此刻的心情……先寄放在我這裡。」

她將存摺收進皮包。

「我娶了一個完美的女人。」

將一瞪大眼睛，聲音顯得有點做作地說。鄉子看著他的表情，想起小時候看的一部電影中的情景，忍不住噗哧地笑了出來。

鄉子向一臉納悶的將一說明電影裡的大概情節。有一對窮姊弟，弟弟沒錢參加畢業旅行，姊姊覺得弟弟很可憐，將原本準備自己畢業後上東京找工作時添購一件新衣而存的錢拿給弟弟的情景。穿著破舊制服的弟弟，哭得淅瀝嘩啦，用手臂抹去眼淚，姊姊好像也哭了。

「我小時候很奇怪，常常覺得如果我家也很窮就好了……我只有一個哥哥，我騙同學說我哥哥不能去畢業旅行。」接著鄉子又說將一的眼神和那個少年很像。

「那我也哭一下好了……」

將一半開玩笑地如此喃喃說道，鄉子罵他「無聊」。

防波堤外，暮色籠罩大海。海風吹皺了昏暗的海面，即將降臨的夜色已然準備抹去人們的午後回憶。沿岸馬路上的車燈川流不息。

在幾乎不見人影、偏僻車站的月臺上，將一說：「如果就這樣回東京，我可能會跟著你們一起回家。」於是讓鄉子和小優先上車。正當車門要關上時，將一對小優笑了笑，然後突然表情嚴肅地不知對鄉子說了什麼。鄉子只看到他的唇形，還來不及聽他說什麼，電車開走了，將一好像是說「好好加油」。

4

江津子轉到單人病房之後，鄉子便盡量避開將一在的時候去醫院。一方面是因爲將一在一旁，要假裝彼此不是夫妻很痛苦，另一方面是覺得將一的存在讓江津子和自己的關係摻雜了某些不純淨的東西。

如果看到了將一對江津子的體貼，她心裡難免會酸溜溜的；將一在的時候，要是江津子問「鄉子姊，妳喜歡哪一類型的人」，眞不知自己該有何表情，而且也難免會用冷淡的眼神看著江津子，覺得她「不要以爲什麼都不知道就可以爲所欲爲」。鄉子對主編岡村說她虛榮還耿耿於懷，所以即使丈夫不在，自己也必須善待江津子。鄉子爲了掩飾自己的虛榮，希望能夠在完全不考慮丈夫的存在下，思索江津子這個女人的生命。因此她認爲最好還是單獨和江津子見面。

最初鄉子去醫院是爲了安慰和好好陪陪江津子，但在梅雨季結束，即將正式進入夏季時，鄉子反而覺得去醫院是爲了向江津子尋求安慰。

從鎌倉回來之後，每當鄉子疲憊得難以入睡時，便會茫然地看著丈夫畫在窗玻璃上的櫻花，櫻花在行經的車燈映照下化爲陰影於眼前流動。

這個流動帶來了由比海灘的海風，刺激著身邊沒有將一鼻息的寂寞。她閉上眼睛努力地想讓自己沉睡，但是將一的面容比以往任何時候都更清晰地浮現在眼前。

到了春天，鄉子開始用不曾有過的眼神觀察將一。在此之前，她從來沒有用看男人的眼光看將一。婚前，她就只視他爲自己未來的丈夫，婚後，他更理所當然地是那種扮演丈夫和父親的角色。然而將一的離家出走，讓鄉子不得不站在遠處觀察，她這才眞正了解將一身爲男人的魅力。她覺得他很蠢；爲了舊情人，不惜拋棄花了十年歲月辛苦建立的家庭和工作，這的確愚蠢之至。但是這個笨蛋在某天清晨光著腳穿上拖鞋瀟灑地離去時，卻散發出一種不同於一般男人的魅力，鄉子這麼認爲。在由比海灘的餐廳問他是否眞的愛江津子時，鄉子很期待聽到「只是同情而已」。在無數個不眠之夜，「將一愛的不是我，而是那個女人」的這句話清晰地縈繞耳際。

諷刺的是，鄉子必須藉由和情敵江津子閒聊才能撫慰內心這種痛苦。她們並沒有聊什麼具體的內容，就像女學生一樣，只是閒扯一些無關痛癢的話題。或許是愛上同一個男人的女人情感結構也相同的關係，她們在許多細微的地方都很契合。

剛開始她們都避談將一，但久而久之，兩個女人的談話很自然地少不了提到將一。說自己「這輩子都活在踩縫紉機的狹小世界裡，如今終於躺進了病榻的世界」的江津子，津津有味地聽鄉子聊起工作上的不順心。鄉子在公司一有不愉快就會在回家的路上先繞到醫院，護士和其他病人甚至以為她們是姊妹。其實，婚後就不曾結交朋友的鄉子，在為江津子梳頭時，覺得自己終於交到了朋友。

鄉子唯一不能傾吐的就是如今因將一而承受的痛苦。

鄉子沒有把這次的事告訴住在北海道的母親和哥哥，也沒有像往年在暑假邀母親到東京短住，她決定隱瞞到底。她很清楚，即使說了，他們也只會說「妳怎麼比將一還笨」。如今，聽到她陪著將一一起愚蠢並為此深受痛苦時能夠告訴她「這一點也不笨」的，或許只有江津子了。

偶爾會有一些事讓她和江津子之間蒙上一層陰影。比方說，江津子看著晚上將一陪她時所睡的摺疊床枕頭旁放著的玩具直昇機問：「妳覺得將一真的愛我嗎？」或是：「將一告訴我，小時候沒有人買玩具給他，他曾經在玩具店門口站了六個小時，在心裡告訴自己，長大後要把整家店都買下來。」接著又說：「有時候我不免會想，我或許只是將一的玩具，由於發條快斷了，所以是個可以放心大膽玩的玩具。」令鄉子深受打擊的不是最後那句話，而是將一竟然把不曾向自己吐露的心裡話告訴江津子。

鄉子感到陣陣針刺般的心痛，突然想起小優從鎌倉回來不久的某個晚上，他在看數學課本時，突然談到「循環小數」的那一番話。

「媽媽，妳知道什麼是循環小數嗎？當一除以三，無論怎麼除，永遠都除不盡。小數點後的第一位，會剩下〇．一的餘數，繼續除的話，又會剩〇．〇一的餘數……這樣一直除，不管繞地球幾圈，永遠都除不盡。」

小優說著，意味深長地看著鄉子。鄉子覺得這個敏感的孩子是藉此暗示他們三個大人的關係，不禁心頭一沉。的確，一男二女的關係，就和一除以三一樣。無論自己和江津子再怎麼投緣，在這份親密的深處，永遠存在著〇．一的罅隙。

小優快放暑假的某一天。

鄉子和江津子聊起雜誌上刊登的小說。

鄉子負責的女作家寫了一篇描寫詩人與謝野晶子和丈夫鐵幹，以及詩人朋友山川登美子三角戀的小說，江津子翻開鐵幹塡詞、第一句就是「娶才女爲妻」那首著名歌曲的那一頁說：「我以前不知道這首歌是歌頌男人的友情。」接著便哼起那首歌。

不知道哼到了第幾段，有這麼一句「忘記妻女，拋棄家庭，爲情義忍辱負重」，這歌詞像一滴冰水滴進了鄉子的心裡。此時江津子突然不舒服，鄉子急著想找人幫忙，但江津子說，只是痙攣，很快就會過去，每次將一都會幫我拍背，不好意思，可不可以也請妳幫我拍一下？鄉子順從地拍她的背，但江津子卻說「再用力點」，鄉子用盡力氣揍了她一拳後，不禁收回手，往後退了一步。

過了好一陣子，江津子的疼痛緩和下來，她這才開口問手縮在背後、愣住了的鄉子：「妳怎麼了？」

鄉子連忙笑著掩飾，但她覺得隱藏在內心的情感突然在今天爆發了，這些情感藉著拍打江津子後背的那隻手宣洩了出來。

而那一刻她也想到了循環小數。

那天離開醫院走去中野車站的途中，鄉子下定決心，如果日後心裡有一絲一毫希望江津子早點死的想法，就必須告訴江津子，自己是將一的妻子。

5

小優在暑假去了九十九里濱的海邊夏令營那晚，鄉子和將一約在新宿車站見面，然後去歌舞伎町的一家小酒店。那天下午，將一打電話來邀約：「很久沒看到妳了，要不要出來見個面？」回想起來，雖然每星期都會去探視江津子一兩次，但已經將近一個月沒看到將一了。鄉子提早到了新宿車站，在車站的化妝室擦了點胭紅，但想起江津子上星期的臉色特別蒼白，便又趕緊擦掉了。

將一坐在酒店的椅子上，在意著自己身上是否有魚腥味。

「沒有啦。而且，你現在應該大大方方地爲這種味道感到驕傲……不過，你辭職後，反而比以前像老師。」
剛理過髮的將一看起來特別老實，和其他客人、酒店裡的氣氛顯得格格不入。
「你對學校完全沒有留戀嗎？」
「沒有。我覺得現在賣的東西還比較像樣，我早該在十年前就開始賣魚的。」
「就是嘛，那樣的話，我就不用結婚了。」
「妳是因爲我是老師才和我結婚的嗎？」
鄉子老實地點點頭。
「以前我是那種做事很有計畫的人。大學畢業前就做好生涯規畫。趁年輕時把自己嫁掉，二十五歲之前生小孩，小孩四歲以前交給我母親照顧。我想要那種雙薪家庭，可以早點買棟房子……結婚對象最好是銀行行員或公務員。可是這樣一來就好像嫁給了履歷表，覺得有點不甘心，所以就算找個會搗亂我履歷表當中一行的男人也無所謂。」
「結果就選中了我。」
「我太沒眼光了。我以爲只有一行差，沒想到竟然全差了。」
「原來我破壞了妳的生涯規畫……」
「對啊！你對我說，我喜歡妳、我需要妳。聽到這些甜言蜜語，我還得意了半天呢……」
「我眞的需要妳。我自己很清楚，我需要像妳這麼能幹的女人……我踏破鐵鞋就是要找像妳這樣的女人。」

「你一結婚就把鐵鞋脫了，而我卻被套住了，揹了十年沉重的包袱。」

將一點了一支菸，伴隨著煙霧說：

「如果妳覺得累了，可以把包袱放下……」

等鄉子轉過頭來，他小聲地說：

「可不可以請妳和我分手……」

鄉子覺得他的聲音似乎隨著煙霧散開了。只知道自己醉眼惺忪地看著將一的臉。將一的側臉依然微笑著。

「分手？你的意思是離婚嗎？」

「夫妻分手，還能有其他的意思嗎？」將一事不關己地說。

「十天後，她要再動一次手術。或許妳也注意到了，最近，我半夜在漆黑中看她時，發現她白得像雪一樣……」

將一用手抹去臉上的表情，彷彿不敢相信自己還笑得出來似的。他的雙眼黯淡無光。

第二次手術的風險大爲提高，當然，醫師保證會盡最大的努力，但萬一手術失敗，反而會走得更快。上星期副院長找我過去，要我做好心理準備。

「前天，我又去了高崎，請對方在手術同意書上蓋章。這也是不得已的，因爲醫生說如果不動手術撐不了一個月……」

「上次看到她臉色很差，我還有點擔心……但是爲什麼我們要離婚？」

將一舔著下唇，似乎在思考著該如何回答。

「她還活著，精神還不錯……現在還來得及舉行婚禮……」

將一這些話就像石頭一樣塞進了鄉子的嘴巴，她費了好大的力氣，才擠出「不行……絕對不行」這幾個字。

「妳是不是很愛我……」

「……」

「不，妳一定很愛我，所以妳一直讓我爲所欲爲。我很感激妳。我知道自己很自私，但眞正的愛，應該要成全對方。這才是眞正的愛。」

「你好卑鄙，竟然在這種時候說什麼感激。」

「我知道我這麼說很卑鄙。她曾經對我說，早知如此，就該隨便找個人結婚。沒有舉行婚禮就直接辦葬禮，好悲哀……我很愛她。我當初也許是基於義務或同情，但是現在不一樣了。我想成全她……希望妳也成全我……」

「就算我退一百步讓你們舉行婚禮，但是爲什麼非離婚不可？」

「我想做得徹底一點。如果只是表面上的婚禮，她未免太可憐了。」

「你可以爲了一個就快要死的人做得這麼徹底，卻不爲還要活下去的我和孩子著想？你這樣跟身無分文的小孩卻要求玩具店老闆給他玩具有什麼不同?!」

酒裡的冰塊發出聲響，似乎在代替將一回答。當鄉子發現酒保不時地瞄著他們，便說「我要走了」，將兩人的酒錢放在吧檯正準備離去時，將一抓住了她的手腕。

「我告訴她，今天不回去睡覺。」

鄉子甩開他的手走出酒吧，口中喃喃唸著「莫名其妙」。在夜晚悶熱的空氣裡，霓虹燈的繽紛色彩讓人特別心煩。鄉子趕忙將視線從住宿四千圓的看板上移開，大步邁開步伐，天空卻滴滴答答下起雨來。最好下一場傾盆大雨，鄉子心想。她希望淋得渾身濕透，沖走依然溫熱殘留在手腕上的屈辱。

6

將一在得到自己想要的東西之前會一直糾纏不清。鄉子知道他不會輕易放棄，果然不出所料，他第二天就打電話到家裡，一再重覆地說「可不可以請妳再考慮看看」。

鄉子從那天起，請了一個星期的年假。將一似乎是先打電話到公司，才得知她休假。那天早晨，從夏令營回來、渾身晒黑的小優就在旁邊，鄉子只能回答「絕對不行」。

在一片沉默中，將一似乎聽到了鄉子的心聲，他終於說：「我眞的太自私了。算了，我放棄……但是江津子快要動手術了，可不可以請妳來看看她？比起我，她更希望妳可以陪她動手術。」然後掛上電話。

撇開將一不說，鄉子的確很想去探視江津子，剛好傍晚時，住在隔壁、向來很疼小優的女大學生來家裡，說要帶小優去看卡通電影。於是鄉子換了衣服出門了。和江津子閒聊是消化從昨晚開始就卡在喉嚨的那塊石頭的最佳方法。

將一也在病房裡，說是向超市請了幾天假。他手上拿著畫冊，正爲坐在床上的江津子畫肖像。素描中的江津子穿戴婚紗、頭紗，靜靜地微笑。

「將一胡說八道，說要和我結婚。眞是亂來。」

江津子辯解似地露出了和畫中一樣的微笑說道。將一也以笑臉掩飾地說：

「我被拒絕了。」

「因爲……我有畫就夠了……」

鄉子沒有錯過江津子笑眼裡還殘留著淚。當她敲門時，聽到女人的哭聲戛然而止，兩個人的身體似乎也是匆匆分開的。看著江津子眼中薄薄的淚光，鄉子突然一陣心酸。她癟著嘴，好不容易擠出一句：「不好意思，將一借我一個小時。」

鄉子把將一塞進計程車，直接回到家裡，好幾個月不曾踏進家門的將一一在房間的榻榻米上坐好，鄉子便舉起手來。將一以爲鄉子要打他，頭連忙偏到一旁，鄉子用顫抖的手抓起放在桌角的素描簿，用力甩到將一的膝上。

「你畫我的臉。」

她的聲音顫抖。將一一言不發地找出素描筆，畫筆游走在白色的紙上。在繪畫方面，他的確是高手，一眨眼的工夫，已經勾勒出輪廓。將一討好地說：

「別生氣嘛。生氣的臉要怎麼畫。」

「我們一起生活了十年，你應該記得我的笑容！」

鄉子的聲音大得連她自己都嚇一跳。那顆卡在她喉嚨的石頭似乎碎了，終於得以一吐爲快。但是她碎石般的淚珠也奪眶而出，滴在榻榻米上。

「你喜歡那種女人嗎？」

鄉子一開口就再也無法停止。

「你喜歡的就是那種默默地流著淚，說什麼我有畫就夠了的女人嗎？如果是，你爲什麼不早說？你之前不是說喜歡能幹的女人。我結婚之前，大家都說我愛撒嬌。但是如果我也像她那樣，怎麼可能撐到今天？這個家、小優都會完蛋。正因爲我告訴自己必須能幹、必須努力、必須忍耐，才會在想哭的時候故意說一些逞強的話，在該生氣的時候一笑置之。我就是這麼撐過來的。」

走廊上傳來腳步聲，但鄉子並沒有停住。
「太過分了。說什麼既然我愛你就要成全你。你以為我聽了這種話也不會受傷嗎？你以為我沒有大腦嗎？」
「我收回那句話，所以……」
「一言既出，駟馬難追。我雖然很生氣，但昨晚整夜都沒睡，一直在想，或許你說的也有道理。不，昨晚我兩點就睡了，但如果把你離開之後我失眠的時間全加起來，已經不知道有多少晚了。說什麼既然我愛你……你竟然利用我的弱點，實在太卑鄙了！」
她話已不成句，只能任憑淚水順著皺成一團的臉滑落。她不知哭了多久，身體猶如洩了氣的汽球，再也流不出一滴眼淚。而情感也和最後一滴淚水一起傾洩而出。她呆然地抬起頭，恰好和凝視自己的將一四目相接。
「你在看什麼？我哭的樣子有這麼奇怪嗎？」
「不……好像有好幾個女人……」
將一仍然注視鄉子的臉。
「一個女人身上，可以同時存在好幾個女人……」
他自言自語地小聲說完，再度揮動手上的畫筆。「好了、好了。」鄉子說著推開了畫。
「不，既然已經開始畫了。」

「不是，我是說，你可以和那個女人結婚……」

「我已經說了，那件事當我沒說。她也絕不會答應……她說，即使死了，也必須爲我的將來著想。我在這裡也被罵，在那裡也挨罵，日子眞不好過。」

「明天，由我來說……」

鄉子站起身說：小優快回來了，你快走吧。她走進浴室，洗臉的水聲混雜著將一離開的腳步聲。鄉子回到房間，熾烈的夕陽灑了進來，緊閉的窗戶上的那片櫻花，像幻燈片般放大映照在榻榻米上，榻榻米中央放著鄉子的臉部肖像。畫中鄉子的溫柔笑容和江津子有幾分神似，很難想像是前一刻大吵大鬧的女人。

7

「不行。」江津子聽了鄉子的話如此回答：「鄉子姊，妳應該最清楚，這是不可能的。」站在窗邊的鄉子，隨著迎面吹來的風轉過頭來，她沒有聽懂江津子話裡的意思，自顧自地笑著。江津子的臉頰似乎比一星期前更消瘦了。

「眞的有所謂的夫妻臉。鄉子姊，妳笑的時候嘴形和將一一模一樣。」

雖然沒有馬上意會這句話的意思，但鄉子並不驚訝，反而覺得很理所當然。醫院的早晨，連空氣都是白色而寧靜的，甚至窗邊的風鈴發出細小的聲音也嫌嘈雜。

「……妳知道了？」

江津子點點頭，愧疚地深深垂下頭來。

「原來妳騙了我。是將一告訴妳的嗎？」

「將一以為我不知道，所以請妳盡可能不要告訴他。十年前，當將一突然斷了音訊時，我暗地裡查了一下，所以我從以前就知道妳，也知道妳的名字。今年三月，我去學校找他，只是想見他一面而已，但當將一謊稱自己單身，說他是自由之身，可以照顧我到最後一口氣時，我就決定假裝不知道。只要我假裝不知道，就只有將一會受到指責，而我可以和將一共度半年的時光……一輩子都在踩縫紉機的人生，根本談不上幸福吧？臨死之前做一件讓自己開心的事有什麼不對？他和妳一起生活了十年，而我最多只剩半年。所以，我當時心想，只要在死之前說出眞相，再道歉就好了。」

「對啊……」這句話很自然地從鄉子的嘴裡衝了出來：「如果是我也會這麼做……」

江津子淡淡地繼續說道：

「以前我就覺得將一的太太一定是個好人，因為，如果不這麼想，自己實在無法這麼做。但妳完全超乎我的想像，我沒想到竟然有女人願意向情敵伸出援手。我內心很痛苦，好幾次都忍不住想要一吐為快，但每次心裡都想，或許妳已經發現了，只是為了我在演戲……」

「我並沒有發現，不過我知道，只要我對妳說把老公還我，妳就會放手。」

鄉子說著，突然想起之前江津子不舒服時曾要求自己用力敲她的背，那不也正是江津子演的戲嗎？江津子特地爲鄉子製造了一個揍她的機會。

「我不是什麼了不起的女人。雖然我向情敵伸出援手，心裡卻一直盤算著如何才能恢復原來的生活，而且我也非常嫉妒妳。我很虛榮，至少我不想成爲一個落井下石的女人，而且我也有點感激妳……太不可思議了，我好像是在將一離家出走才開始認識他，經過了十年的歲月才開始和將一談戀愛。但也因此感到很累……我之所以希望你們舉行婚禮，不是爲了妳，而是爲了將一。他像個孩子，俗話不是說三歲定終身嗎？如果現在沒有讓妳穿上婚紗，妳離開後，他會後悔一輩子，我不想看到將一後悔一輩子。所以並非只有我犧牲而已，妳失去了生命，那才是更大的付出。我和妳不同，雖然眼前會有所失，但我有時間可以把我失去的東西找回來。這是我的眞心話。所以我希望妳老實告訴我，妳是否想要和將一大大方方地站在眾人面前？」

江津子凝視著鄉子，靜靜地點了點頭，然後輕輕笑了起來。

「我剛才心想，掉幾滴眼淚是否對我比較有利……」

「那我會哭得比妳更大聲。」

鄉子坐在江津子的床上，兩人相互凝望。盛夏清晨的陽光爲她們的微笑增添丰采。風鈴的聲停止了，蟬聲卻不絕於耳。兩個人在大自然的合奏中久久地凝視。此時此刻，鄉子衷心希望江津子可以活久一點，希望奇蹟發生，江津子也能擁有和自己一樣的人生。但正因爲奇蹟不會發生，才必須靠自己的丈夫去彌補。

一陣敲門聲。出去買東西的將一回來了。

「等三十秒。」

江津子對著門口大喊一聲後，小聲地拜託：「妳只要告訴他我已經答應了。」她伸出左手握住鄉子的左手。

「我們不能像男人一樣大大方方地用右手握手……」

「男人也未必能大大方方。」

鄉子用力回握江津子，然後起身開門。

即將再度成爲新郎的男人，抱著超市的購物袋站在門外，許是不知該有什麼表情，他突然笑了起來。

8

婚禮在手術的前三天舉行。雖說是婚禮，其實是借用醫院地下室的餐廳，由醫生、護士和病友參加的簡單儀式，有點像是病人和醫生的聯歡會。據說之前也有無依無靠的病友以相同的方式舉行婚禮，這次的婚禮是由三名年輕護士擔任幹事，一手包辦從準備果汁到食物，以及場地布置。

婚禮和派對預定在下午六點到八點，舉行兩個小時。鄉子提早離開公司，途中去百貨公司買東西，花了點時間，她到醫院時，牆上的時鐘已經快六點了。幾乎所有人都聚集在會場，掛滿五彩繽紛旗幟的天花板下熱氣翻騰。病友穿著睡衣、睡袍，醫生穿著白袍，除了新郎、新娘之外，就屬從附近教堂請來的神父和穿著酒紅色洋裝的鄉子最顯眼。「副院長眞慢，他不是證婚人嗎？」一位醫生說道。護理長回答：「醫生的手表總是慢了十分。」站在他們身後的將一看到鄉子，向她揮了揮手。

江津子穿著及膝的花卉圖案洋裝，據說向副院長女兒借來的白色花紋頭紗是唯一像新娘的裝扮。鄉子努力打起精神，第一次看到了江津子化妝的臉上雙眼綻放著光芒，十年前舉行婚禮的女人，和今天第一次舉行婚禮的女人之間的落差顯而易見。江津子正在接受病友的贈禮。鄉子沒有準備任何禮物。如今，在這兩個女人之間不停撥弄頭髮以掩飾羞澀的男人，正是鄉子對新娘的眞心奉獻。

鄉子對江津子說了句「妳好漂亮」，便把穿著不知向誰借來嶄新深藍色西裝的將一叫到這嘈雜裡的一個寧靜角落，將在百貨公司買的對戒交給他。

「錢，你自己出。」

鄉子從新郎的錢包拿走三萬圓。「還有這個……」她遞給他一個白色信封，「兩名見證人你負責去找吧。」

將一瞥了一眼信封裡的東西，不禁轉過頭去，鄉子也尷尬地移開視線。她想起將一曾經說的「同時存在著好幾個女人」的話。在嘈雜聲外，兩人相對無語地佇立著。

「……我，收到了情書……」

將一把信封放在胸前，搖了搖頭。

「無聊。是離婚申請書。我已經幫你蓋了章。」

「這是情書。我第一次收到這麼棒的情書……」

將一那凝視著鄉子的雙眼也閃著淚光。

「別這樣。以前，只要在關鍵時刻，你都是笑著閃躲……」

將一輕輕地點點頭。他點頭的方式很誇張，好像被罰站的學生終於得到老師的諒解似的。

鄉子瞇起眼睛看著在新西裝的襯托下整個人煥然一新的將一。她聽不到四周的嘈雜聲，只聽見那天早晨將一穿著拖鞋彷彿踩著花瓣遠去的腳步聲。

「這是誰的西裝？」

「是從一個自大的實習醫生身上剝下來的……」

兩個人凝視了一下，相視笑了起來。

副院長夫妻倆終於到了，副院長首先走到新娘身邊，詢問她的身體狀況。

婚禮在錄音帶播放華格納的〈羅安格林〉的樂聲中開始。在像小學慶生會般的會場內，神父的聲音散發出神聖的氣氛。婚禮進行時，只見燭火搖曳，實在不失年輕女孩當幹事的浪漫情調，江津子的側臉在淡淡火苗和白色頭紗的雙重妝點下，顯得格外美麗動人，彷佛只是爲了這一刹那的燦爛而活。嬌小的江津子在個頭上也和將一十分匹配。坐在護士旁的鄉子覺得參加丈夫婚禮的自己猶如置身夢境，丈夫剛才說的「情書」這兩個字又在腦海中盤旋不去。

如果眞的如將一所說的，愛是有勇氣成全對方、愛是切斷和自己之間的鎖鏈，讓對方徹底自由的體貼，那麼那的確是一封情書。

三月底，江津子也寄了一封情書給將一；小優寫的人生諮詢信也是情書，傾訴他對父親和母親的愛；將一用指甲油畫在窗戶玻璃上的花瓣也是。離家出走前，字寫得不好的將一以繪畫代替文字，寫下了對妻兒的熱愛。

結婚派對很熱鬧。這些病人之中應該也有與江津子一樣，只剩短暫的生命，但從他們臉上完全感受不到那種黯然。紙盤上的蛋糕、掛在天花板上的彩色燈泡和積了一層薄薄灰塵的人造花、拉砲的嗶啵聲、笑聲……所有人都盡情享受這場有如上帝祝福的饗宴。

鄉子也以新郎表姊的身分受邀致詞。

「像我弟弟般的男人和妹妹般的女人在今天結婚了。雖然他們的婚姻無法像一般夫妻那樣長相廝守。但有些夫妻就算在一起十年，終究還是乏味到底，希望他們珍惜在一起的每一天。」

在尖聲歌唱稀鬆平常的婚禮歌曲時，鄉子想起鐵幹詩中「如果讓我高歌一曲」的那一段，她在心中不斷重覆著：

我心中的奢求
除了你，有誰知

將一神情嚴肅地咬著下唇，江津子站在他身旁微笑。鄉子覺得只有自己知道她笑容背後的秘密；同樣的，能夠了解參加自己丈夫的婚禮、笑著唱起祝福結婚歌曲的笨妻子眞正心情的，不是丈夫，而是江津子。

9

江津子動完手術的兩個星期後，鄉子接到將一的電話。

「不好意思，可不可以請妳馬上過來一下？」

江津子術後恢復得很順利，在這兩個星期裡，鄉子去探視她四次，但一聽到將一的聲音，鄉子便猜到發生了什麼事。她衝出公司，跳上計程車。八月已然接近了尾聲。雖然比最先預估的半年提早了一個月，但這並沒有任何意義。田島江津子這個女人三十多年來的生命就是爲了那場婚禮，爲了那兩個小時的燦爛。

將一不在病房。江津子臉色慘白，緊閉著雙眼躺在床上，穿著白袍的醫生和護士圍在床邊。原以爲江津子會在昏迷中結束生命，但她微微張開眼睛，眼神游移。當她發現鄉子時，臉上抽動了一下，便又閉上眼睛。當鄉子意識到江津子剛才是在微笑，正想回以微笑時，醫生宣告了她的死亡。而她衝進病房時看到窗外的積雪雲，此時已經散去，在藍天留下焰火餘韻般的線條。儘管此刻有一個生命結束了，但風繼續地吹，風鈴繼續地響，窗簾也繼續隨風飄搖。鄉子正打算將江津子的雙手交疊時，發現她的無名指並沒有戴上戒指。然而，短短兩個星期的婚姻生活，在她尚有餘溫的白皙手指上留下了隱隱約約的痕跡。

鄉子從護士那裡得知將一在三十分鐘前就離開了，聯絡在高崎的親屬。

鄉子打電話給小優，告訴他今晚會晚點回家，之後又吩咐他一些事，並要他「如果爸爸回家，請他打電話到醫院」。雖然明知將一不可能回家，但還是以防萬一。

當夏日的天空在不知不覺中變暗時，自稱是江津子叔叔的男子和像是他兒子的年輕男子從高崎趕來了。鄉子謊稱是江津子的朋友，然後把後事交給他們處理。她才踏上走廊，櫃檯的小姐便叫住她：「有妳的電話。」
電話是小優打的，他嘆著氣說：「爸爸好像又闖禍了。」剛才警局打電話來，說將一在池袋的酒店酒醉鬧事。
鄉子趕緊攔了計程車趕到警局，但將一弄壞了不少東西，必須等明天早上做完筆錄才能回家。將一是爲了把當天晚上無法自理哀傷的自己關進牢籠，才故意喝醉的。
鄉子告訴巡察，家人過世了，希望能面會，哪怕只有一下下也好。儘管巡查一臉困惑，仍帶她到地下室。昏暗中交織著水泥的冰冷和夏日的暑氣，鐵柵欄裡，將一蹲在被社會和履歷表遺棄的地方，當他聽到腳步聲時，抬起頭站了起來。
「下午三點四十分……但那個醫生的手表慢了……」
聽到鄉子這麼說，將一點了點頭，他想要擠出一個笑容，但就是笑不出來，忍不住咋了一下舌頭。他的眼睛泛紅，分不清是喝醉了還是濕了眼眶。另外，兩個喝得爛醉的男人悠哉地在一旁鼾聲四起。
「最後，她露出一個很美的笑容……幸好你沒看到。那麼迷人的臉，你會一輩子都忘不了的。」
將一把手伸進口袋拿出戒指。「她知道我們的事。昨天晚上，她要我把這個還妳……她只說了這句話。」

「對啊，她什麼都知道。我在那場婚禮之前，和情敵聯手騙了你。用這隻手……」

鄉子用左手握著鐵柵欄，將一握住了她的手。鄉子用力纏住將一的手指。此時此刻，那個女人，田島江津子，她抓住了最後的人生。當時江津子是那麼用力地緊握住鄉子的左手，讓自己的生命能夠倚附在那隻手上。那個女人知道，鄉子的右手將會好好把握住與將一的婚姻，所以她把右手留給鄉子自己。鄉子用右手握住了將一的另一隻手。巡查用力甩著鑰匙串，似乎是在催促她。

「你會回來吧。」

將一默然無語地搖了搖頭。

「我就知道……去鎌倉時，我就知道就算江津子死了，你也不會回來……你還不夠卑鄙，不可能做了那麼自私的事還能若無其事地踏進家門……但是……」鄉子始終看著將一的臉，「但是，我不是寫了情書給你嗎？如果那麼棒的情書都無法打動你，那你眞的是最差勁的男人。」

鄉子說完這句話，早已流乾的淚又奪眶而出。

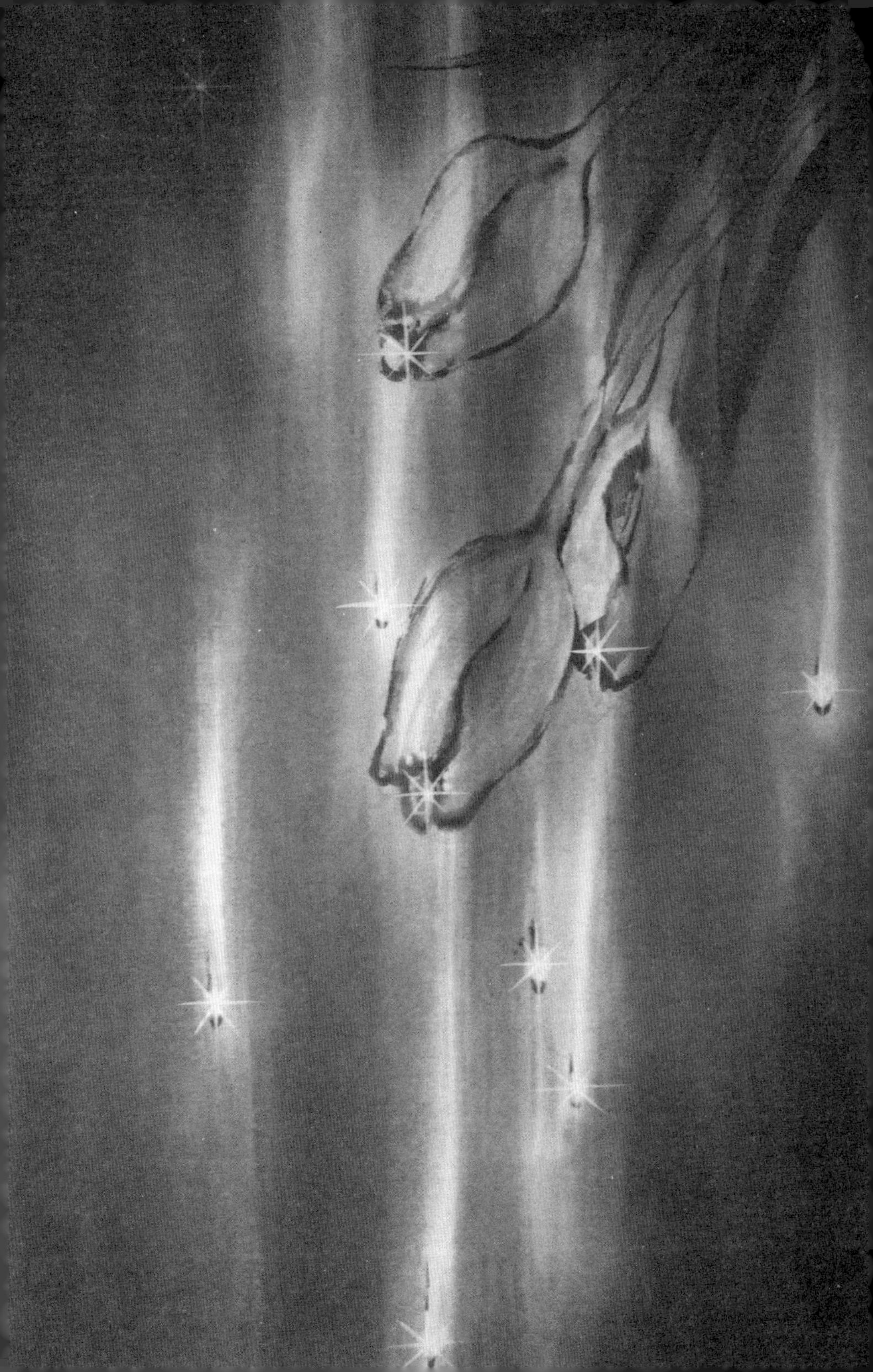

Chapter 2

紅唇

紅顏薄命，

墜入愛河的女人，朱唇尚未退色，

臉上的紅暈還未消退。

「日本的馬路比較適合開中古車，何苦花大錢買新車。」

不知道是否受了和廣這句話的影響，學生模樣的年輕客人又看了一眼擋風玻璃上貼著「售價二十二萬」的貼紙，粗聲粗氣地說：「那我買了。」

和廣的那句話並非只是單純的推銷用語。最近，他眞的認爲日本的馬路比較適合開中古車。雖然有許多高速公路和整修得很漂亮的馬路，但行駛在那些已經「動脈硬化」、路面狹窄得令人喘不過氣的小路上，還是舊舊的車子比較合適。自從大學畢業、工作了六年的廣告代理店倒閉之後，他在杉並區偏遠角落的這家小型中古車行混口飯吃也已經兩年了，如今他終於可以用這句話表示自己打從心裡認同這份工作。

公司倒閉前不久，他失去了婚姻。一開始，他勉強自己對中古車感興趣，爲自己在三十歲不到的年紀就已經越走越窄的人生找一個空間，最近，他不需要勉強自己了，他已經體悟了中古車的魅力。車和人一樣，總要有些瑕疵，才能輕鬆上路，才能放心託付。人生不全然是在紅燈變成綠燈的同時就要加速向前衝。

無論是婚姻沒了還是公司破產全都不是和廣的錯。交往半年結婚的文子在短短三個月後，就因子宮外孕離開人世。這只能說他運氣不好，他還沒有完全適應妻子這個稱呼，對方就死了；他還來不及接受妻子的死，公司倒閉了。

其實，從前年到今年年初，他眞的是楣運當頭。好不容易從新婚妻子的死和公司倒閉這兩個接踵而來的打擊中站起來，終於適應了推銷中古車的工作，自己卻又受了傷。今年一月，他騎腳踏車回公寓，迎面撞上大貨車。這起車禍和廣也沒有半點錯，完全是對方的過失。雖然這場車禍沒有危及到他的生命，他住院一個月，身體便復原了，只是腰上留下一尺長的傷疤。

最初，每次傷口疼痛，都會讓他心情惡劣，而今回想起來，那場車禍反而救了他。不知該說是心灰意冷，還是豁然開朗，他改變了以往騎驢找馬的心態，終於下定決心，要用帶著瑕疵的身體和有瑕疵的車子打一輩子交道。

撇開身上的傷不說，他對目前的生活沒有任何不滿。老闆夫婦待他很好，店裡只有他一名員工，雖然工作忙，薪水卻很優渥。

唯一美中不足的是最近爲了再婚和家裡鬧得有點不愉快，這也是他眼前唯一煩心的事，但也是抱著順其自然的態度。人生的路雖然越走越窄，心境卻越來越豁達。

「這裡的刮痕這麼明顯，可不可以再便宜兩萬？」

這種話他在剛發生車禍的那一陣子根本聽不下去，現在卻能笑著回答：

「你眞會殺價，那就二十萬成交。」

中古車也有運氣好和不好的差別。這輛一千CC的國產小型車似乎被幸運之神遺忘了。車子的性能很不錯，只是紅色的外觀太狂野，引擎蓋上也有一道明顯的刮痕，很容易被殺價，因此每次都在快成交時又落空了。這往往會讓和廣覺得客人面露難色不是針對車子的瑕疵而是衝著自己身上的瑕疵，有一陣子他甚至會很生氣地解釋：「雖然有點刮傷，但性能可是好得很。」

如今找到買家，他覺得自己的未來有了依靠。

「請到辦公室辦手續。」

他心情愉悅地對客人如此說道。這時辦公室的門打開了。

「安田先生，你家裡打電話來，你媽媽病倒了……」

老闆娘大聲叫著。

「你根本不用急著趕回來，那個人喔，每次都大驚小怪的。」

和廣一衝進家門，隨便蓋了條被子躺在窗邊的田津坐起身來便立刻這麼抱怨。

那個人指的就是他婚後搬來這幢公寓所認識的鄰居太太，她看到田津買晚餐回家時，蹲在走廊上，便急忙打電話通知和廣。

「只是有點頭暈而已。啊，對了，我來弄晚餐。我買了薑拌竹筴魚，忘了放進冰箱，不曉得是不是壞掉了。」

「妳睡吧。不用管我。」

「阿和，是你在和我客氣，你根本不用這樣匆匆忙忙趕回來。你不需要照顧我，我是因爲沒地方去，才硬是搬來和你住。不管我在哪裡死了，你都不用負責。你看你滿頭大汗的。」

她把放在額頭上的毛巾丟了過去，又把電風扇對準和廣，不理會和廣的勸阻，自顧自地走進廚房。

雖說是母親，卻是岳母。她是去世的文子的母親，名叫梅本田津，六十四歲。她的夫妻、子女運欠佳，戰爭爆發前的昭和十年（西元一九三五年），她從櫪木縣的鄉下來到東京，嫁給神田一家小旅館的獨生子。這段婚姻很不幸，才新婚便發現丈夫其實有被強勢婆婆拆散的前妻和孩子。新婚不到半個月，丈夫就常常背著婆婆和田津，與前妻見面。勤快的田津很討婆婆喜歡，在戰爭爆發的前一年，生下長女靖代。婆婆在開戰那年過世，丈夫從此肆無忌憚地跑回前妻身邊。儘管他沒有收到徵兵的「紅紙」，但這和被徵召沒什麼兩樣。

因爲戰亂的關係，無論田津再怎麼努力，旅館仍然撐不下去，最後只能拱手讓人，自己在熟人的旅館裡當服務生，把孩子養大。當丈夫的前妻被空襲炸死，丈夫便像退伍般地回了家，但他從小嬌生慣養，根本無心工作。昭和二十八年（西元一九五三年），在文子出生的同時，他因飲酒過度死於胃潰瘍。田津除了在印刷工廠、牛奶工廠兼差，還同時做生意，像拉馬車的馬兒一樣辛勤工作。一個女人就這樣把兩個女兒扶養長大。

她在戰後不久生下一名男嬰，不過很快就夭折了。她原以爲小孩只是輕微發燒而已，在揹著孩子做生意的途中，突然覺得背上變輕了，放下來一看，才發現孩子已經氣若游絲。而附近看不到半幢民宅，她蹲在狂風呼嘯的鄉村路上，拚命擠著因爲營養失調分泌不足的乳汁餵食垂危的孩子。

「年輕時雖然吃了不少苦，但我並不討厭工作。」

她心情好的時候，聊起自己的往事總是用這句話作結。

其實她的夫妻、子女運的確不好。

長女靖代國中上裁縫學校，高中畢業後開始教裁縫貼補家用。六年前，靖代在大久保車站後面開設一家三層樓的裁縫教室。但田津的女婿比自己的丈夫更糟糕，完全靠靖代賺錢養家，簡直是個吃軟飯的。而且，田津當初反對他們結婚，他對這一點一直耿耿於懷，而靖代也爲此懷恨在心，雖然身爲老師，但只在人前假裝孝順老母親，背地裡卻和丈夫沆瀣一氣，百般折磨田津，簡直難以相信是自己的親生女兒。

當外孫還需要照顧時，他們對田津還算客氣。外孫長大之後，他們就露出一副田津已經不管用了的態度。田津也不是省油的燈，反唇相譏：「我的男人運不好，沒想到女婿運更糟糕。」整天和他們吵吵鬧鬧。

「我媽太可憐了，我去找份工作，搬去大一點的房子後，可不可以讓我媽跟我們一起住。我媽也很喜歡你，和你一起生活，應該不會有問題。」當文子提出這個要求時，和廣回答：「我是無所謂啦！」但還沒開始張羅，文子就死了。

文子一周年忌時，田津藉口幫忙祭拜，帶著行李箱和包袱搬了進來，然後拿出存款將近兩千萬的存摺，說是文子的保險理賠金，之後又突然提出：「不好意思，可不可以用這筆錢讓我住在這裡、守著文子的牌位？」當時她的外孫也開始和父母一樣，根本不把她放在眼裡，她終於在和他們大吵一架後離開了那個家。「雖然我可以用這筆錢住養老院，可是我想和文子的牌位一起生活。」雖然田津這麼說，和廣還是把存摺還她，「看來，我得住養老院了。」

「不是這樣的。」和廣告訴她，文子臨死之前一直擔心母親的事，這些錢是文子用生命換來的，希望可以用在刀口上。和廣看了一眼祭壇上文子的照片說道：「當初是爲了和文子一起生活才搬來這裡，現在，文子變得這麼小……應該是特地留給媽住的。」

田津一臉難以置信地看著和廣許久，最後皺著眼睛說：「文子的男人運眞好，卻短命。」她的眼睛泛著淚光，不禁粗聲粗氣起來。

這是去年夏天的事，起初還以爲畢竟是母女，再怎麼吵，早晚還是會搬回去。但大久保那邊至今沒有任何聯絡，田津在和廣這裡已經整整住了一年。

和廣早就領教過大久保那邊姊姊、姊夫的冷漠，在文子的葬禮時，他們一副好像是他殺了文子似的。但與田津一起生活之後不久，和廣很快就發現他們母女倆鬧得這麼僵，田津也要負一點責任。

守了半輩子寡的田津也比別人好勝，她可以爲一點小事和鄰居太太、管理員、推銷員吵架，爭得面紅耳赤。但是她也有討人喜歡的一面。她很勤快，一早就起床打掃公寓的走廊，清理門前的水溝；看到了鄰居的酒家女，雖然嘴巴上說她「化那種妝，臉皮會變厚」，當對方感冒，她卻也體貼入微地照顧，所以大家對她的壞脾氣也就睜一隻眼閉一隻眼了。

她在一般小孩上小學的年紀就開始下田跟著大人一起工作，個子不高，有著男人般的寬闊肩膀，黝黑的手臂比和廣的還粗。她不擅於裁縫和烹飪的細活，但粗活可就難不倒她了。這屋子只有兩間房間和一間廚房，理當沒什麼事好忙，但她整天精神奕奕地忙上忙下，實在難以相信她已經六十四歲了。不過，儘管她整天忙個不停，卻因爲缺乏女人的細致，結果屋子比和廣獨居時還亂。

但是和廣沒有半句怨言。

最初和廣或許只是基於同情。不管和廣說什麼，她即使面露不悅也會耐心傾聽；看到她用一雙粗手努力做便當的背影，想到她一旦離開這裡便無處可去，感受到她努力地想要保住人生最後的容身之處，也就不忍對她說什麼重話了。

原本只是同情和客套，經過了一年，彼此也自然而然生出了感情。

今年年初的那一場車禍反倒發揮了正面的影響。躺在病床上的和廣毫不顧忌地任性起來，田津雖然嘴巴上抱怨，卻也甘之如飴地在病榻前細心照料。當傷口逐漸癒合時，兩個人的關係也越來越融洽。和廣出院後，暗自下了決心，如果大久保那邊一直沒聯絡，自己便爲她送終。

和廣在家庭方面的命運也很差。母親在他小時候就過世了，即將大學畢業時，父親死了。自從住在老家信州的哥哥結了婚，已經好幾年沒聯絡了；自己才新婚不久就失去了文子。這兩個素不相識的人因姻親關係建立起母子般的生活倒也不錯。

話雖如此，終究是岳母。聽到她昏倒時，和廣之所以匆忙趕回家，正是覺得她是外人，仍有一種基於客氣上的義務。

「你這麼丟下工作沒關係嗎？」

「不，反正也快下班了。」

和廣沒有告訴她，好不容易下了決心的客人年紀輕輕的卻說：「買車時有人昏倒，眞是太不吉利了。」結果那輛紅色車子仍然沒賣掉。

田津不理會和廣的勸阻，硬是起床把飯菜端到矮桌上，她像往常一樣，把只有和廣一半份量的菜扒進嘴裡後，便鋪了被子躺下。

「今天我要早點睡，昨晚太熱了，根本沒睡好。」

「要不要我幫妳買藥？」

和廣吃完飯，正這麼問田津時，電話響了。和廣一拿起電話就聽到淺子震耳欲聾的尖叫：「搞什麼，你根本就在家嘛。」

他忘了自己和淺子約好傍晚見面。現在足足晚了三十分鐘。他說明是因爲岳母昏倒的緣故。

「她知道你要和我見面才故意昏倒的吧！算了。」

和廣還來不及開口，對方就掛了電話。

「是那個女孩子吧？別管我，你現在趕快去吧。」

「沒關係，我明天再打電話給她。」

田津觀察和廣一番之後，心虛地閉上眼睛，轉過身去。

和廣還沒有決定再婚，淺子和田津之間卻已經展開了婆媳之爭。正因爲田津是和廣死去的妻子的母親，這種關係就更微妙了。

淺子是和廣住院期間照顧他的護士，稱不上美女，但笑起來時眼睛很可愛。最初是田津中意她，對她說：「謝謝妳幫了這麼多忙，改天到家裡坐坐吧。」

田津說：「這女孩子很乖，笑起來是不是很像文子？聽說她沒有父母親，但看起來不像是苦命的孩子。阿和，你也不能就這麼單身一輩子吧。文子也已經過了一周年忌，你就認眞考慮看看。」淺子已經二十八歲了，或許覺得自己不該挑剔，對和廣表現得很積極。「結婚三個月就病死了，根本和單身沒什麼兩樣嘛。而且，和那個婆婆一起生活應該沒問題。我朋友說婆婆還是囉嗦點好，就算脾氣壞一點也沒關係……那種陰險、沉默的婆婆最讓人頭痛。」於是和廣就像被她們趕鴨子上架似的。正當和廣開始有此打算時，田津的態度卻突然一百八十度大轉變。

「她太厚臉皮了，簡直把自己當成是你老婆了。」她開始數落每個星期天造訪的淺子，只要和廣提起淺子的名字，她就一臉的不耐煩。一個月前的星期天，當淺子烹煮法國料理時，田津終於露骨地出言不遜：「文子就不會煮這種料理，不過，這反而更好，因爲阿和根本不喜歡吃這種不三不四的料理。」淺子頓時變臉，衝出公寓。之後他們只好在外面偷偷約會。「她自己不是有女兒嗎？爲什麼要賴在你這裡，要你照顧他？」淺子也絲毫不示弱。

但淺子似乎無法對和廣忘情，至今沒有說出「斷絕交往」的話。

經過這兩年接二連三的楣運之後，和廣對將來的事也提不起勁了，再加上懶散慣了，對她們兩人的緊張關係也就暫不理會。淺子的好勝固然讓人傷腦筋，但她和田津一樣，本性不壞。

「下星期是文子的忌日……這次是三周年忌，雖然不會很隆重，但是你明天見到淺子，請她也一起過來吧。」

田津突然這麼說道。她的背看起來猶如岩石一般。

活到了六十四歲，田津唯一的優點就是身體十分硬朗，不知是否因爲昏倒受到了打擊，她很難得地示弱。

風鈴發出聲響。

夏日傍晚的風中夾雜著隔壁肥皂工廠的藥劑味。

「我覺得她很可憐。」

和廣隔著桌子看著仍然一臉不悅的淺子說道。

「她洗碗的時候好用力，一下子就被她洗破了；洗衣服也不用洗衣機，完全用手洗，但她實在太用力了，內衣一下子就磨損了……廚房的地板一天擦好幾次，最近連木板都翹了起來。她工作好像是爲了搞破壞。看她這樣子，我似乎能夠理解她拚命工作，爲家人犧牲奉獻了一輩子，最後卻必須由我這個外人來照顧的原因了。」

「和廣，你還深愛著過世的太太。正因爲你還愛她，才會關心她媽媽。」

「哪是什麼愛……才三個月而已，她死的時候，我甚至沒哭。而且，我想要照顧她，並不是因爲她是文子的母親。」

淺子默不作聲，用吸管朝冰咖啡吹氣，似乎是藉由噗嚕噗嚕的氣泡吐出壓抑在心頭的不快。

「上次的事，她也覺得對妳很過意不去。雖然她嘴上沒說，但要我請妳在下星期文子的忌日到家裡。」

淺子又吐了一個大大的泡。

「她只是想讓我看看去世的文子的照片吧。」

「妳不要什麼事都往壞處想。」

淺子用眼角掃了和廣一眼。

「中古的啊，當然想要一個人慢慢開。」

她鬧彆扭地說道。正想點菸的和廣停住了手。

「中古？妳說我嗎？」

兩人大吵了一架。和廣衝出咖啡店，走進位在鬧區的柏青哥店。自從和田津共同生活後，只要遇到不愉快的事，他就會等心情平復了才回家。

和廣四下找空機台，突然發現一個背影很像田津的人坐在角落的位子，他忍不住停下腳步。果眞是田津。他看慣的浴衣布料衣服的後襟露出了襯衣，田津似乎是從澡堂洗完澡便直接來這裡。她坐在椅子上打小鋼珠，膝上放了一個臉盆，關節粗大的手指靈活地操作著，盆子裡的小鋼珠快滿出來了。和廣想起之前田津曾經買了三十包左右的香菸回家。當時和廣還納悶著怎麼在月底手頭拮据的時候做這麼不尋常的事，現在終於恍然大悟。

和廣默不作聲地坐在旁邊，田津大吃一驚，一臉尷尬。

「我以爲你今天會晚回家。我是勞碌命，手指不動一動就覺得難受……你沒有和淺子見面嗎？」

和廣點了點頭。

「騙人。你們一定是吵架了。」

「妳怎麼知道?」

「你心情不好就會刻意不顯露在臉上。平時很少笑的人竟然露出笑容，我怎麼會看不出來?」

「妳很會打嘛，要不要教我幾招?」和廣收起笑容，連忙找話題。

「打二十年了，怎麼可能不會打?」

「是喔!我一點都不知道。我以爲妳只會工作。」

「我也沒想到像你這麼老實的人會來這種地方。」

「我只有兩年而已，從文子葬禮的第二天晚上開始的。」

「和我差不多，我老公過世的那天晚上，我還揹著文子去玩。之前只要遇到不順心的事就常跑去玩……打小鋼珠不需要面對任何人，而且那種地方很吵，就算哭了，也沒有人知道。那天晚上我沒哭，但是心裡覺得，就算是那樣的老公，既然人都死了，應該爲他流幾滴眼淚……所以我把小鋼珠打到眼睛的位置……」

和廣探頭張望，小鋼珠靈巧地從機台玻璃田津眼睛倒影的位置滑下，彷彿滑下的是銀色的水滴。不停滑落的銀色顆粒不時綻放光芒，好像眞的是從田津的眼裡流出的淚。

「我就是用這種方法掉眼淚。」

「我也哭不出來。這麼說對岳母有點不好意思，但文子走得太突然了，我根本還來不及反應……葬禮結束後，只剩孤單一人時，腦子裡一片空白。我真的很難過，也覺得如果不哭一下，和文子一起生活的這三個月好像會變得不真實……於是，我喝了啤酒，唱了幾首低俗的演歌……但只流了像打呵欠時流的半滴眼淚……」

「時間太短了，這也難怪。但想哭的時候哭不出來也很那個。」

「真的很痛苦。」

和廣也學田津把臉湊近機台，將小鋼珠瞄準玻璃上的倒影。雖然無法像田津打得那麼準，但仍然可以常常打到眼睛的位置。瞇起眼睛便看不到完整的鋼珠，只見光亮而已，看起來就像眼淚。鬱金香花開，把一滴眼淚吸了進去，結果換來更多的眼淚，裝滿了下面的盆子。

原來有這種哭法，和廣這麼想著，默默地打鋼珠。不可思議的是，只有擦過臉頰的鋼珠才會命中花朵，伴隨著叮呤噹啷的清脆聲閃現一整片銀光。當盆子裡充滿銀光時，和廣的內心也滿溢這樣的光。文子死了兩年，壓抑在內心的情緒突然得以宣洩。

當裝滿鋼珠的盆子溢出一顆時，也有東西從和廣的眼睛裡流了出來。

「文子真是個好女人。」

銀色的顆粒也不斷在田津的盆子裡堆積。

「真的，沒有比她更好的女人了。」

「唉，好人不長命。不知道淺子怎麼樣？她和我一樣剛強，應該會活很久吧。」

「她絕對可以活很久。」

「她一定是那個在小鋼珠機台前流淚的人……阿和，你也要小心點。做人太善良未必有好報。」

「我沒關係，就算大卡車也撞不死我。我也是最後流淚的那個人……岳母，妳死了，我會來這家柏青哥店。」

鋼珠從盆子滾落到地上。「不用討好我這個老太婆，應該去哄哄年輕女孩。」田津一邊齜牙咧嘴地說，一邊撿起地上的鋼珠。

「岳母和我雖然生命線不錯，但其他的運都不好。」

「雖然運不好，打小鋼珠卻常常贏。」

「眞的，常常贏。」

「淺子的運也不好，偏偏喜歡一個結過婚的男人。她眞的很喜歡你，一看到你就露出傳統女人那種溫柔眼神。」

「就算她心裡喜歡我，嘴巴上卻未必。她說我是中古的。」

「你本來就是中古的嘛，有什麼好抱怨的。」

「算了，別提她了。」

「那怎麼行？阿和，你也有錯。文子在結婚前就說過，你很不懂得討好年輕女孩，一點都不了解女人的心。你注意過淺子穿什麼衣服嗎？她每次都爲你精心打扮，但你從來不多看她一眼。難怪淺子會傷心，你買一支口紅送她吧。」

「爲什麼要送她口紅？」

田津彎下身撿起地上的小鋼珠。

「她之前說希望你送她口紅。」

「她化妝嗎？」

「你看，難怪她會傷心。一看就知道她對著鏡子化了半天的妝。」

「文子擦口紅嗎？」

「有啊。她擦很淡的顏色。」

「這麼說，上次……」

文子去世時，田津向護士借了口紅，想幫文子擦上。只當了三個月妻子的女人文風不動的嘴唇十分慘白，雖然和廣看了也捨不得，但又覺得鮮豔的口紅對她面露微笑的安詳臉龐反而是一種褻瀆，便阻止了田津。但不知是否因爲他突然心生後悔，覺得早知如此就應該幫她擦上口紅，他發現綻開的鬱金香彷彿是兩片紅唇。

「算了，別提文子了。你要多關心淺子。」

田津說完便一言不發地繼續打小鋼珠。

兩個人積滿四盆小鋼珠，兌換了雜貨和威士忌。

晚上，田津陪和廣喝了一口威士忌，嘴裡抱怨著「爲什麼大家要喝這種有菸味的東西」，但是心情很不錯，一鋪好被子躺下就輕聲哼起歌來。今天，她也是一早起床，說自己的身體「已經沒問題啦」，和往常一樣踩著重重的步伐走來走去，或許是心理作用吧，和廣覺得她此刻露出毛巾被的臉好像小了一圈。毛巾被因爲過度清洗，四周露出了白色線頭。

支撐她這一輩子的身體，仿彿也露出了線頭。

「妳常唱這首歌……」

和廣一邊打開電視看棒球比賽一邊說道。他說的是「紅顏薄命，墜入愛河的女人，朱唇尚未褪色」的那首歌。電視畫面上，棒球正打得如火如荼，解說員的聲音混雜著觀眾的歡呼聲。田津像是要壓過這些嘈雜似的，用慣有的沙啞聲音繼續唱：

「宛如漂泊的小舟……」

她突然停下來，自言自語地嘟囔著：

「說到口紅，不知道阿豐怎麼樣了？」

「誰是阿豐？」

「戰爭時和我一起在旅館工作的同事。」

我長得不好看，唯一的長處就是能做　活，負責打掃清潔的工作。阿豐細皮嫩肉的，人也長得標致，而且，「她那腰，才叫柳腰」，所以她除了當服務生，也常在客人吃飯的時候陪他們聊天，她個性又好，男人就是喜歡這種女人。田津這樣起了頭，便娓娓道出陳年舊事。

戰爭還沒爆發時，有個年輕少尉常到那家叫龍村的小旅館住宿。他和新婚不久的弟弟夫婦倆一起住在高圓寺，爲了讓小倆口過得自在，他常常夜不歸營。少尉長得並不特別英俊，兩道濃眉卻頗有男人味，細長的眼睛也和軍帽十分相稱，挺拔的肩膀穿起軍裝特別好看。

田津將夫家的旅館頂讓、帶著年幼的靖代住進龍村時，少尉和阿豐便已經情投意合了。雖說是情投意合，兩人卻沒說過半句話。拘謹的少尉每次看到阿豐就像銅像般僵硬，一副謁見天皇陛下致上最高敬禮似的。阿豐對其他客人總是和藹親切，但只要少尉一出現，她就躲在後面打掃，由田津負責少尉的三餐。

每當田津從客房回來，阿豐便仔細打聽少尉的情況，連喝茶的樣子也問得一清二楚，可見她眞是愛在心裡口難開。少尉表面上親切地和田津聊天，卻故作不經意地問起阿豐的情況。田津夾在他們之間乾著急，好幾次都想打開天窗說亮話，將阿豐的心意告訴少尉，但阿豐堅持反對，說是如果田津這麼做，她就要跳進旅館後面的那條河。其實那條河水深及膝而已，阿豐卻說得煞有其事。

一年之後，戰爭越發激烈，終於，少尉的部隊被派往戰區了。出發前夕，少尉住在龍村。

他送田津一盒靖代喜歡的餅乾作爲臨別贈禮，然後又拿出一個小盒子交給田津，用慣有的生硬口吻說：「這個是給阿豐的。」希望田津在他離開之後轉交阿豐。

那最後一夜，田津顧不了那麼多了，拉著害羞的阿豐去少尉的房間。田津想讓他們兩人獨處，正打算起身離開，阿豐卻死命拉著田津的褲子，央求著：「田津姊，別走。」少尉放在膝蓋的手也微微顫抖，他說：「請妳留下。」田津無奈地坐了下來，少尉和阿豐面對面坐在矮桌前，低頭不語，氣氛十分尷尬。田津只好故意用走音的嗓子，大聲唱著花笠音頭(注)、軍歌化解尷尬。雖然唱得很難聽，少尉仍不吝稱讚，最後問她可不可以唱那首〈鳳尾船之歌〉。田津便像唱軍歌那樣，揮著手臂唱起「紅顏薄命，墜入愛河的女人，朱唇尚未褪色，臉上的紅暈還未消褪」。

「事後回想起來，那眞的是最後一晚，就算他們都不開口，也應該讓他們獨處的。」

翌日清晨，少尉離開後，田津把小盒子交給阿豐，阿豐從裡面拿出一支口紅。那麼木訥的少尉爲什麼會送口紅？田津十分驚訝，阿豐也很納悶，過了好一會兒，阿豐才露出「我想起來了」的表情，說出戰爭爆發後不久所發生的事。

某個冬天的早晨，阿豐正在打掃庭院，發現走廊有一個塞滿破爛物品的箱子。她在生鏽的

注：音頭爲日本一種配合樂器和歌唱的民俗舞蹈樂曲，常見於各種慶典。

空罐和破玻璃瓶中發現一支滿是灰塵的口紅，口紅底部還殘留少許顏色。阿豐用小指摳出口紅，就著走廊的玻璃窗將口紅塗在唇上時，突然發現好像有人在看著自己，她回頭看見上完廁所的少尉正站在那裡。少尉和阿豐四目相接，慌忙邁開大步走開，但他一定把那一幕牢牢記在心裡了。

在那種時局，不知道他上那兒找到這支有著嶄新金色蓋子、連眼睛都會被染紅的豔紅色口紅。

幾天後的早晨，她們去了東京車站前爲出征的少尉送行，但沿路擠滿了人，比阿豐高一個頭的田津即使踮起腳尖也只能看到隊伍前面騎在馬上的男人。

不一會兒，有人叫著少尉所屬的部隊名，而那個部隊似乎正從前面經過，但只聽到軍靴的聲音。軍靴的聲音也被人聲不時地淹沒，到底哪一個才是上下樓梯時把樓板踩得咯答咯答作響的少尉的腳步聲？阿豐心碎欲絕，哭喪著臉，扯著田津的手臂。

田津突然蹲了下來，頭鑽進阿豐兩腿之間，用盡全身力氣站了起來。她在小時候就已經可以扛起米袋，儘管阿豐的個子十分嬌小，但此刻不知道她哪來的力氣可以把一個成年女人扛在肩上。在那一刻，她管不了那麼多了，而阿豐也自然而然地緊緊抱著田津的脖子。阿豐的雙腳拚命壓在田津的胸口，田津忍住疼痛、扯著嗓子高呼「萬歲、萬歲」。不久，田津的意識越來越遙遠，終於無力地倒在路旁。「看到了，看到了。」事後阿豐是這麼說的，其實她只看到一個寬闊的肩膀，覺得那人就是少尉。但那一刻便足以令她們欣喜若狂，在萬歲的歡呼聲和一片太陽旗的旗海中相擁而泣。

半年後的夏天，報紙的一角刊登了少尉所屬的部隊在南方島嶼全軍覆沒的消息。時間是戰爭結束的前一年。

「或許是早就不抱什麼希望吧，阿豐沒有流半滴眼淚。」

那天傍晚，阿豐突然出門了。她在一個小時後回來，拿著一個裝了兩隻螢火蟲的白色紙袋。那天晚上睡覺前，阿豐第一次打開少尉送她的口紅，仔細擦在唇上。

「我們兩個人就像這樣……」

田津從毛巾被裡伸出兩隻手做出酸漿果的形狀放在胸前。然後，兩人手中各自放了一隻螢火蟲，一點也不動地躺著，直到天亮。微弱的亮光不時從指縫中漏出來，滲入夏日的夜色裡。寂靜的夜晚令人難以想像在大海的彼岸，戰火正在延燒，展開血腥的殺戮。不，即使安靜如東京，也不知何時會被空襲警報破壞這份寂靜，但她們約定無論發生任何事都不能動。

她們一點都不害怕。即使響起空襲警報，炸彈掉在頭上，她們也會靜靜地凝視著黑夜。螢火蟲似乎也被她們的寂靜所吸引而靜止不動。不僅是阿豐纖細的手指，就連田津耙子般的手指也被螢火蟲照得微微發亮，顯得美麗動人。當阿豐手上的光暫時消失時，田津的手中滲出微弱的光，好似兩朵睡蓮在黑夜中競相綻放。兩個人連續好幾個小時都合掌包覆著光，直到夏夜的天空微微吐白……螢火蟲綻放出最後的光芒，像霞光般溶化在拂曉的晨光中，結束生命。

龍村在翌年三月的大空襲中燒毀。當阿豐準備回岡山老家時，田津送她到車站，那是她們最後一次見面。

「不知道阿豐現在怎麼樣了……」

她嘀咕了一句，又唱了一段：

「黑髮的顏色還未褪去……」

「岳母，妳也喜歡那個軍人吧？」

「我長得又不好看，又有老公、孩子。但他人很好，對我也很客氣，經常陪靖代玩。幫他上菜時，他也會一再道謝……眞的是好人不長命。」

她淡淡地說完最後一句話，然後鬆開放在胸前的手。

「你請淺子下星期來家裡了嗎？」

「說是說了，但看她那樣子，應該不會來吧。」

「不……一定會來。」

她這麼說著，打了一個大大的呵欠，幾乎淹沒了電視裡的歡呼聲。「我要睡了。你電視開著沒關係。」然後閉上眼睛。

和廣倚在亂成一團的矮桌旁，呆呆地盯著電視，棒球結束後的焦點新聞出現了「螢火蟲」

的字幕。據說千島淵昨晚出現了十幾隻源氏螢火蟲，震驚了附近的居民。主播播報：「在終戰紀念日即將到來的此刻，這些螢火蟲彷彿是戰亡烈士靈魂的甦醒。」畫面上出現停歇在不知名葉子上的螢火蟲特寫。墨色的身體一端綻放出圓形的光芒。

和廣生於戰後，但是在這一年裡，田津不時聊起的陳年往事，讓他學到了不同於教科書上、活生生的歷史，但他仍然缺乏眞實感。或許是剛才偶然聽到的故事還記憶猶新吧，他在螢火蟲的光亮中，彷彿看到了在南方島嶼喪生的軍人魂魄。他原本想叫田津起來，但田津已經發出慣有的重重鼻息聲。

她那像岩石表面的臉上，眼、唇緊閉，似乎早已將剛才所說的往事遺忘了。

結果，淺子並沒有在文子的忌日時出現。田津堅持「她一定會來」而多訂了一個便當，和廣只好吃兩個便當。下午，他們一起去多磨靈園。

那是用保險理賠金買的一小塊墓地。刻著安田文子的嶄新花崗岩墓前，似乎有人來過了，上面插了鮮花，和廣以爲是住大久保的姊姊和姊夫，田津卻說：

「靖代那種女人，他們怎麼可能會來。」

和廣這才想起，淺子問過他墓園的地址，而墳上也供奉一罐紅茶。上個星期，淺子在咖啡店點紅茶，和廣說「文子也喜歡喝紅茶」時，淺子連忙改點咖啡。

「她果然來過了。」

田津把自己帶來的花供在隔壁的墓，蹲在地上念了好一會兒經，之後才一邊擺正淺子插的花一邊說：

「你們和阿豐、少尉一樣；他們彼此一句話也不說，而你們則是整天都在吵架，卻無法說出自己的眞心話，和四十年前的那兩個人一模一樣。所以，只能這樣偷偷帶花過來。現在又不是戰爭的年代，有什麼好害羞的……又要我來牽線了。」

她轉頭看著默不作聲地抽菸的和廣說：

「當我聽到她說想要一支口紅時，我就想要撮合你們。」

她一副大恩人的口吻，完全忘了之前就是這張嘴差點壞了這樁好事。

和廣根本沒把她的話當眞。翌日午休，他正在吃便當時，田津出現了，要求陪她三十分鐘。在車道和人行道不分的馬路上，田津走在路中間。有車子來時，她會讓路，但之後又會很自然地走到路中間，可能是還有著小時候走農村小路的習慣吧，她那雙擠出拖鞋的大腳用力踏下的每一步彷彿可以踩到水泥地下的泥土似的。和廣就這樣跟著田津走進柏青哥店。

田津選了一台很好打的機台，讓和廣一個人打。小鋼珠不停地掉出來，一眨眼的工夫，已經裝滿了半盆。田津拿著小鋼珠去獎品兌換處，抬頭看著貨架問：「哪一種顏色比較好看？」

和廣這才注意到架子上除了洗衣劑和即溶咖啡之外還擺了一些化妝品，角落裡擺了近十支口紅。田津問的正是口紅的顏色。

「我打算等一下去找淺子。」

「不用了，沒必要向她低頭。」

「我才不會呢。我要讓她低頭……哪一支好看？」

「我又不懂。」

「就選你喜歡的顏色吧。反正只是表達心意而已。」

「……最紅的那一支。」

無奈之餘，和廣只好這麼說。上星期聽的故事中的鮮紅顏色仍在他的腦海裡盤旋不去。

「沒必要選一樣的顏色啊！」田津說著，雖然皺起眉頭，卻難掩心中的喜悅。她要求店員簡單包裝一下口紅，便走出柏青哥店，獨自走向車站。她那關節粗大的手用力握著口紅，有稜有角的背影充滿了鬥志。

和廣一回到辦公室便接到淺子的電話。

「這到底是怎麼回事？剛才阿婆打電話，說要來醫院找我，有事要和我談。」

「我也不知道她要談什麼，拜託妳聽她說一下吧。」

「我很忙耶！」

「妳不能翹班嗎？」

「我沒這麼說……好吧，我只聽她說一下而已喔。」

淺子的聲音聽起來很不高興，還用力掛上電話。

和廣感到忐忑不安，照這麼看來，事情絕對會越搞越複雜。果然不出所料，傍晚的時候，他走出辦公室準備回家，看到田津一臉歉意地站在柵欄圍牆的角落。她中午離開時還意氣風發，看來最後兩人一定是不歡而散，讓她覺得無顏面對和廣。她似乎已經在那裡等了很久，一看到和廣，便不發一語地搖搖頭，愧疚地低下頭。看到田津垂頭喪氣的樣子，和廣決定放棄再婚的念頭。自己不該在再婚也可以、不再婚也沒關係的這兩種心態中搖擺不定。

「要不要去看螢火蟲？」

「哪裡有螢火蟲？」

「聽說在千鳥淵。」

「眞的嗎？」

和廣走回辦公室，拿了車鑰匙，讓田津坐上這一個星期來仍然沒有賣出去的紅色中古車。

「我決定用分期付款買這部車。可以嗎？老闆說要算我便宜點。」

「但是這麼破的車……」

「這部車的引擎還很好，只要重新烤漆，就跟新的一樣。」

車子抵達千鳥淵，和廣四處尋找在電視畫面上所看到的那個地方，卻怎麼也找不到。只有傍晚時突然轉暗的烏雲重重地壓在溝渠的水面上。

到派出所打聽之後，才知道「那些螢火蟲停留兩三天就不見了」。但他們還是去了員警所說的地方，在呈立體交叉的道路一角，草葉上蒙上一層暮色和汽車的廢氣，看起來乾乾灰灰的，完全不見螢火蟲的蹤影。

雨滴在乾燥的柏油路上，他們只能作罷，回到車上。車子上了首都高速公路時，雨勢轉大，而且開始塞車。車流好不容易才動了起來，但接近澀谷時，又動彈不得了。正當和廣停下車時，看著車窗的田津小聲地叫了起來：

「啊，螢火蟲！」

和廣探頭看著田津身後的窗戶，在落下的雨滴中，的確可以看到像螢火蟲般的亮光若隱若現。

那只是高速公路被兩旁的摩天大樓遮住，只剩中間像短橋式地懸著，車子行經時的亮光。由於道路的斜度，那亮光便像飄向了半空才慢慢消失一般。

夜色和雨滴，飄落在毗連於大都會兩側昏暗大樓錯落的罅隙中。

當小小的燈光朝空中流洩的那一剎那，車窗上的雨滴攫住了它，它散了去。

雨越下越大，燈光越來越凌亂，遙遠的夜空中，彷彿眞的有一大群螢火蟲。

「好漂亮……好漂亮。」

田津將臉貼在車窗上，就像第一次看到城市燈光的人那樣興奮地叫著。她的頭髮已經稀疏，夾雜不少白髮，此刻她卻發出極不相稱的孩子般的聲音。

「眞的是螢火蟲！」

和廣也跟著田津像孩子般地歡叫。

到了車站前，田津說沒有準備晚餐，提議到餐廳隨便吃點東西。這是他們共同生活以來的第一次外食。即使是一起出門，田津也總是說「靜不下心來」，拒絕在外面吃飯；和廣因爲工作上的應酬在外面用餐時，她也總是沒什麼好臉色。

他們走進一家在這一帶算是頗有水準的餐廳。田津點了可樂餅，卻說「都是牛奶的味道」，幾乎沒吃半口就挾到和廣的盤子，然後笨手笨腳地吃起附菜的蔬菜和一半的飯，飯後則是津津有味地吃著後來點的冰淇淋。

「時下的年輕女人眞漂亮。」她看著從車站剪票口走出來的人潮，然後不經意地說：「阿和，我幫你找再婚的對象。」

看來她眞的和淺子吵架了。

和廣正想開口回答，卻被她打斷了。

「那個女孩怎麼樣？撐白色傘的那個。」

她指了指正在路口等紅燈，看起來像是大學生的女孩。

「太年輕了。」

「也對……那，那個呢？」

一個長髮披肩的上班族，沒有撐傘，正小跑步穿過斑馬線。

「好是好，但好像有點冷酷。」

「對啊，好像打從娘胎出來就沒笑過一樣。」

「啊，我喜歡那個。」

「花裙子的那個？是很漂亮……」

「但她一臉高傲，這可不行。手上拿書的那個呢？」

「啊，那個不錯，一定很能生。」

「太胖了。肯定是吃完飯就躺著不動。後面那個穿黑衣服的才正點。」

「那種長相會剋夫。阿和，你會被她剋死。啊，那個穿桃紅襯衫的呢？長得漂亮，看起來又很溫柔的樣子。」

「她已經有男朋友了。」

穿桃紅襯衫的女孩過斑馬線走到一半時，挽起身旁年輕人的手。號誌燈每變換一次，從斑馬線走來的這些女人在細雨和雨傘的陰影下，看起來都頗有姿色，但仔細一看，總有美中不足的地方。

「看來，要找個好對象沒那麼容易。啊，那個呢？穿白襯衫、撐黃傘的那個女孩……」

「被雨傘遮住了，根本看不到。」

他語音甫落，號誌燈就變成綠燈，走在斑馬線上的年輕女人將傘撐高了起來。是淺子。淺子緩緩朝這家餐廳走來。

「那個不錯，雖然看起來很倔強，但骨子裡很溫柔，絕對錯不了……就這麼決定了。」

「岳母……」

他還來不及驚訝，田津便站了起來。

「沒辦法，只好我向她低頭了。這是我這輩子唯一一次向別人低頭。這也是我和你最後一次……」說到這裡，她趕忙把沒說出口的話吞了回去，「我也想好好表現一下，我走路回去，你們開車去兜兜風。不好好哄她一下可不行。」

田津向走進玻璃門、慢慢走來的淺子借了傘，她說：「妳今天和文子眞的很像。」便哈哈地發出爽朗的笑聲。淺子在田津的位子坐了下來。

「她叫妳來這裡的嗎？」

「她說你七點半會在這裡等我。」

她說完話看到和廣一副若有所思的眼神，以爲是在生氣。

「本來我打算向她道歉的。但沒想到阿婆先跟我說對不起。」

「我岳母說什麼？」

「她說你很喜歡我，她希望我可以代替文子，讓你幸福……」

淺子一副難以啓齒地抬起視線這麼說道。

和廣起身說：「可不可以和我回家一趟？」他走出門外，四處張望，但已不見田津的黃色雨傘。他一直對剛才田津說「這也是我和你最後一次……」的話無法釋懷。

和廣開車回到公寓，一踏進房間，發現整理得比平時更乾淨。矮桌上用廣告單的背面留了話，上面用鉛筆歪歪扭扭地寫著：「這段時間，承蒙你照顧。我搬回靖代那裡，不要打電話給我。文子的牌位，我也帶走了。」

不僅是牌位，供桌上文子的照片也不見了。和廣用狐疑的眼神看著淺子，淺子搖了搖頭。

「她沒說要離開，只說不會再打擾我們了……我還對阿婆說，希望可以和她好好相處。」

有人敲門。和廣衝下玄關的水泥地，鄰居太太探頭進來。

今天早晨，和廣一出門，田津立刻將自己的隨身物品裝進行李箱，把鑰匙寄放在隔壁，說是要回大久保那邊的女兒家。她把行李放在車站的置物櫃，在午休時間去找和廣。

「但是她眞的會回女兒那裡嗎？」

從鄰居太太口中得知，半個月前，田津不在家的時候，一個看似養老院業務員的人來找過她。據說田津在一年前和養老院簽了約，但又說情況有變化，請對方等一年。由於對方收了一百百萬的訂金，而時間也差不多一年了，所以過來看看情況。就在這個時候，田津正好回來了，便慌忙把男人拉進屋裡。

「可是我沒問是哪一家養老院。」

她絕不可能回大久保。她自己說了，對淺子低頭是這輩子唯一的一次。當初她幾乎是被女兒趕出門的，如今怎麼可能厚著老臉回去？

「啊，還有這個，是不是你爸爸的照片？」

鄰居太太拿出一張照片。已經褪成茶褐色的照片裡是一個戴著軍帽的年輕人。照片下方燒焦了。今天早晨田津在後面的焚燒爐燒東西，之後鄰居太太在那裡發現了這張還沒燒完的照片。

「我想，可能是她不小心燒錯了。」

和廣道謝後，關上了門。

照片中的軍人濃眉細眼，下巴的線條有稜有角的，顯得特別粗獷。他一定是上星期那個故事裡在南方島嶼喪生、在螢火蟲的亮光下升天的少尉。

「你爸爸？」

淺子探頭張望，和廣回答「不是」，接著娓娓道出田津上星期告訴他的故事。

「阿婆今天也告訴我這個故事。他會不會就是在派往戰地前分別送阿豐和阿婆兩人口紅的那個人？」

「兩人？他送我岳母的不是口紅，是小孩子吃的點心。」

和廣看著照片，突然抬起頭來。

「妳今天有沒有收到用白色包裝紙包裝的口紅？」

「誰送的？」

淺子一臉納悶。和廣說明了來龍去脈。

「柏青哥店的獎品？眞是太過分了。但是我沒收到。」

「那可能是她忘了……妳是不是跟我岳母說妳想要一支口紅？」

「我從來沒說過。我朋友不是在推銷化妝品嗎，總是叫我買一大堆，根本用不完。」

「不過……」

淺子出神地看著少尉的照片。

「這個人和你很像。我也以爲是你爸爸……眼睛和下巴，還有老實、古板的樣子……」

聽她這麼一說，和廣也覺得有幾分神似。

淺子看著照片好一會兒，小聲地驚呼「好討厭喔」，然後連忙用照片摀住嘴巴，好像要把這句話塞回去似的。淺子只露出一雙眼睛，緊緊盯著和廣的臉。她的眼裡夾雜著笑意和困惑。

「我……是不是競爭對手？」
她喃喃地自言自語，似乎想藉此確認自己的想法。
「競爭對手？」
「情敵！我以爲去世的文子才是我的情敵，但其實是文子的母親……我是她的情敵吧。」
「什麼意思？」
「剛才的鄰居說阿婆原本就只打算在這裡住一年，一年之後，她就要住進養老院。阿婆今天對我說，如果眞的愛一個人就要先和他共同生活一年，否則日後會後悔。她說服侍心愛的人是最幸福的事。原本我還納悶爲什麼是一年，現在我懂了，她是指在這裡生活的一年，阿婆把這段日子當成那個。」
「那個？」
「我說不清楚，有點像是婚姻生活……爲心愛的人做便當、洗衣服，照顧他的生活起居。她從小就開始工作，婚後也馬上工作，爲了扶養兒女而工作，後來一對兒女也死了，最後只剩她孤家寡人，實在是一無可取的一生……她今天這麼對我說，但是她在最後把握了美好的事。文子長得很漂亮，應該是像父親吧？恕我直言，阿婆……她長得不好看，整個身體看起來就像一塊大岩石，不曾有男人愛過她，但她卻有心儀的對象。和廣，你之前不是說她做起事來很拚命嗎？爲了心愛的人，做事當然會拚命，所以才會洗破碗，內衣也洗得磨損。原來，她喜歡你。」

和廣足足比田津小三十四歲，甚至可以當她的孫子了。田津怎麼可能對這麼年輕的男人產生非分的愛情？然而她的確愛他。只是她愛的並不是和廣，而是與和廣有幾分神似的男人。田津愛上了照片中的少尉；和廣的岳母田津在戰爭時也愛上了少尉，她暗自喜歡這個和丈夫迥然不同、溫柔又粗獷的男人。但是少尉喜歡的是阿豐，阿豐也對少尉深情款款。田津知道自己長得不好看，所以捨棄了心中的這分暗戀，爲了成全少尉幫他居中牽線。在最後的那一夜，她爲他們歌唱「紅顏薄命，墜入愛河的女人」，其實她並不是爲他們而唱，而是大聲地唱給自己聽。

「紅顏薄命，墜入愛河的女人，黑髮的顏色還未褪去，心頭之火還未消失。」

眞正無法說出自己心意的，不是少尉也不是阿豐，而是田津。

和廣想像著把情敵扛在肩頭，雙腳用力踩地的女人的情景；也想像著爲了悼念少尉的死，和阿豐捧著螢火蟲的那雙粗糙的手。

這都是和廣出生之前的事，至今已經流逝了四十個年頭。他雖然無法想像只有共同生活一年、感覺像是自己母親或祖母的人心中到底有什麼想法；經過了四十年的歲月，應該只剩對遙遠過去的小小回憶吧。然而當她被辛苦養大的親生女兒趕出家門，最後只能終老於養老院時，田津突然想起了這個小小的回憶。在爲了父母，爲了丈夫，爲了婆婆，爲了兒女辛苦工作的一輩子裡，唯一値得回憶的就是對少尉的那分淡淡的情愫。正如淺子所說的，田津借住在死去女兒爲她留下的地方，透過女兒留給她的與少尉有幾分神似的男人，爲四十年前的這個回憶抹上些許色彩。

和廣原本認爲過度賣力做家事的她破壞了自己的人生，但把和廣的內衣洗到磨損、把地板擦到破損的田津，或許是在這個屋裡拚命蒐集往日舊夢的片斷。

四十年前，田津希望自己也能和阿豐一樣收到少尉送的紅色口紅。

今天下午，田津撒了個小謊，讓和廣挑選了一支他認爲好看的口紅後交給了她。雖然沒能收到少尉的口紅，但四十年後，田津卻借用另一個男人的手實現了自己的夢想。當然，她不可能擦在自己的唇上，她只是希望用這支新的口紅，爲像這張照片般泛黃、褪色的戰爭回憶抹上色彩。然後，她又向淺子謊稱當年少尉也送了她一支口紅，那是如岩石般身體裡隱藏的女人心所表現出來的虛榮。田津到了養老院之後，也會這麼告訴大家吧：「少尉也送了我一支口紅」。雖然這支口紅是雜放在洗衣劑和即溶咖啡、布滿灰塵的獎品，但她仍然用粗糙的手緊握著帶去了養老院。

「比起她死去的女兒，她更爲你著想。正因爲她覺得你很重要，才會爲你的幸福著想。她放棄了死去的文子，讓你選擇我。」

和廣同意地點了點頭。田津應該是眞的喜歡自己，所以，她可以不向自己的親生女兒低頭，而可以爲了他向別人低頭。然後，以一輩子都爲他人犧牲奉獻的人所特有的方式，在最後一刻，輕鬆地笑著離開。

和廣從壁櫥拿出電話簿，翻找養老院的電話。但淺子阻止了他。

「先不要急著找她。」

「可是我不能讓她住養老院……」

「那種地方，並沒有你想像的那麼糟糕。而且，就算你現在馬上過去，我想她也不願意跟你回來。我能夠理解她的心情。不妨等過一陣子，我會陪你一起去找她。如果到時候你仍然希望她回來，我會幫你勸她。反正婆媳之間本來就是陌生人，本來就像情敵的關係。」

淺子露出微笑。和廣第一次凝視著她的嘴唇。她擦了紅色的口紅，和給田津的那支口紅顏色很像。她開朗的笑容更加襯托出口紅的鮮豔。

夏夜的雨不停地下，悶熱的空氣中，連燈泡也像流汗似的，看起來濕濕的。

和廣暗暗做下了決定，將車子送去烤漆，然後開著鮮紅的車子和淺子一起去見田津。

Chapter 3 十三年後的搖籃曲

剪刀聲吵得要命，聽到這個聲音，

總覺得連結老媽和死去的老爸的這個家的歷史，

還有和我之間的線都被他一一剪斷了　在這半個月的時間裡，

這個院子變成了這個來路不明的男人的東西……

這是我第一次談我的父親，我說的不是我懂事之前就撒手人寰的親生父親，而是去年三月初，老媽一輩子只有這麼一次把日本高級料理餐廳的工作交給女服務生，去參加九州旅行團時帶回來的那個傢伙……老媽在電話裡說「我有好玩的特產要給你」，我還期待了半天，沒想到竟然是他。他們站在玄關時，他從老媽身後探出頭來，向我鞠了躬……他像行李員一樣揹著老媽的行李，我還以爲是旅行社的人，沒想到他說了聲「打擾了」，跟著老媽走進裡面的和式房……就賴著不走了。

老媽應該是有點不好意思吧，甚至沒跟我介紹，就把「特產」推進和式房。「櫻島太好玩了，我眞是愛上那裡了。」她拚命和那傢伙聊旅行的事，我完全沒有插嘴的餘地。那傢伙一進門就擺出一家之主的模樣，走到院子裡說：「這封松樹從上面數下來的第三節開始枯了，要噴點藥才行。」

「那傢伙是誰？」我偷偷問老媽，老媽用小拇指勾著垂在兩側的鬢毛，露出女人的媚態說：「是他跟我回來的，我有什麼辦法？」據說，當老媽的老毛病胃痙攣發作，在水俁的旅館靜養一天時，那傢伙說什麼把老媽一個人留在旅館太可憐了，況且自己多少有點醫學方面的知識，便一起留了下來，忙進忙出地照顧老媽……之後兩人相偕去長崎和雲仙，最後就這樣一路跟著回到了東京的家裡。

「他沒有親人，做過很多工作。當時他被趕出公寓，正愁無處可去，沒想到賽馬贏了點錢，恰巧看到電車上的九州旅行廣告，就鬼使神差地參加了這趟旅行……反正，他照顧過我，讓他住個兩三天有什麼關係。」我曾親耳聽到他說全家因爲火車意外喪生了，事後才知道那根本是他胡扯的漫天大謊。當時，我覺得反正只住兩三天，但兩三天變成了五六天，不知不覺就過了半個月。

「他到底要住多久？我討厭看到非親非故的人在家裡一副唯我獨尊的樣子。」我趁那傢伙洗澡的時候問老媽，她竟然瞪大眼睛說：「這個家裡又不是只有他一個人非親非故。」我之前沒提到雅彥，他在戶籍登記上算是老媽的次子，也就是我的弟弟，其實他是老媽把死去閨中密友的女兒所生的孩子帶回家養。因爲對方是未婚媽媽，孩子雖然生下來了，但要養大一個孩子可沒那麼容易，原本打算送孤兒院，老媽基於同情，帶孩子回家。雖然他還乳臭未乾，但已經讀國中一年級了。

我們瞞著雅彥，說他是老媽和店裡客人所生的孩子，而對方在婚禮前病死了。我把他當成同母異父的弟弟，一直很疼愛他……我怕雅彥聽到，特意壓低嗓門：「雅彥還是小嬰兒時，我就認識他了，我不認爲他是非親非故的人。」「我不是說雅彥，是說你。」「我怎麼不是這個家裡的人……」「你在說什麼夢話？是誰在大學畢業時說餐廳不符合自己的興趣，離開了這個家，和莫名其妙的女人結婚？結婚不到半年，你又跑回來……自從你聲稱要離開這個家，我就下定決心，無論發生什麼事，都不指望你，現在我也只是把你當成是寄宿的而已。」她每次都是這樣，哪壺不開提哪壺。

老媽說得沒錯，我在大學畢業後就和一名酒店小姐打得火熱，因爲家裡反對這樁婚事，我選擇離開這個家。但老媽是對的。那個女人叫和美，卻是個狠角色。當時我已經大學畢業，在目前這家貿易公司上班，薪水很不錯。光靠我的薪水就可以養活兩個人，但她就是不想辭去酒店的工作……我正覺得納悶，果然不出所料，她在婚前就和店裡的一個客人眉來眼去。半年之後，她覺得還是那個男人比我更理想，結果，有一天她就此一去不回了……雖然我自己一個人過了一陣子，最後還是覺得回家是最好的選擇。這對女人來說，就是離婚後又投靠娘家。老媽竟然揭我瘡疤，我也只能讓步了。「那究竟要住到什麼時候？照這樣下去，我看他是準備賴著不走吧。」聽我這麼一說，老媽不以爲然地說：「你問他到底要住多久，很遺憾，誰知道他什麼時候會死，所以我沒辦法告訴你確切的時間。」「那是要住一輩子囉……」我驚訝地問。「昨天，我們去區公所辦了結婚登記。這把年紀也不需要舉行婚禮了，之前的九州之旅就當成是蜜月旅行，這件事不會改變了……」儘管天氣一點都不熱，但老媽拚命搖著扇子說：「如果你不滿意，可以離開這個家。聽你上次的口氣，好像打算和你們公司那個石津京子小姐結婚吧。這個家可不需要公司職員來當媳婦，你們可以搬出去。」

我驚訝得張大了嘴巴，但當我看到那傢伙洗完澡，母親趕緊過去幫他倒啤酒時，我又驚訝得忘了生氣。與其說是驚訝，還不如說是心裡很不是滋味要來得恰當。老爸死後，老媽盡心盡力守了這家餐廳近三十年，是客人眼中的漂亮老闆娘。她看起來既年輕又漂亮，根本看不出是我這個三十五歲兒子的母親，但是她已經五十好幾了，光是再婚就夠丟人現眼的了，何況他們才認識三個星期而已，婚姻大事怎麼可以像決定養一條狗這麼草率——但我了解老媽，她應該是打從心裡要和他廝守一輩子。或許是因爲一年四季都穿和服習慣抬頭挺胸的關係，老媽凡事都一絲不苟，如果大家知道了她和那個像野狗般的男人再婚，不僅是我，所有人都會笑掉大牙。然而即使是這種會被人恥笑的事，她也會做得一絲不苟，她就是這種個性。

那天晚上，我久久無法入睡。目前那傢伙住在客房，和老媽分房睡，但既然已經結了婚，此時一定有人偷偷溜進另一個人的房間……他們在九州的旅館應該就已經如膠似漆了。難怪老媽常媚眼看著那傢伙，說什麼「水俣的環境污染太嚴重了，晚上的天空也是灰濛濛的，但竟然可以在昏暗的夜空看到銀鶴飛翔，雖然月光顯得有些寂寥，銀鶴的翅膀卻閃著銀色光芒，那麼美的景物，已經有好幾十年沒看到了」，這般尋求他的附和。老媽也事隔三十年之後展翅高飛了……但是我不能接受。老媽從事這一行，三十年來始終很有女人味，但那是面對客人的時候，回到家裡，我希望她只是個普通的母親，像一般的母親那樣，手伸進衣服裡抓背，或打個大呵欠之類的。但老媽竟然對我說：「聽說銀鶴的夫妻都很恩愛。當太太生病，無法一起遷徙時，老公就會留下來照顧。旅館的女服務生看到他留下來照顧我，都這麼冷嘲熱諷地告訴我。」老媽還難得地用手遮住嘴巴，故作高雅地咯咯笑個不停。

到了半夜，我仍然耿耿於懷，於是去雅彥房裡拿鳥類圖鑑翻查。水俁附近的確有個著名的鶴鳥棲息地，但那裡的鶴大都是灰暗的老鼠色。在月光下，或許老鼠色看起來像銀色，我不能說老媽說謊，但仔細一看，我發現鶴的細長脖子和那傢伙的很像……之後他的臉便一直在腦海裡閃現，我更加難以入睡，最後仍不知不覺昏昏睡去。黎明時分，我被院子裡的聲音驚醒。我下樓，站在走廊上探頭張望，那傢伙正試著搬開院子裡最大的石頭。

「你在幹什麼？」我忍不住火大地問，那傢伙說「早安」，回頭對著我微笑。他的笑容有一種至今不曾有過的從容，似乎在說法律保障他有住在這個家的權利。「沒什麼，只要把這塊石頭挪到角落，整個院子就整理好了。所以我想趁大家還沒起床時做完……」「那是我老爸的遺物。是他過世之前，特地從老家會津運來的……」那傢伙顯然慌了，但立刻又露出笑容，接著便停下手，在走廊上坐了下來。

「我不知道這件事。我問須衣，她說沒問題……眞不好意思。」他這麼說著，仔細打量長滿苔蘚、綠色的斑駁圖案軟軟地覆蓋在表面的石頭，「難怪那麼重，原來我在無意間和你父親相撲……」

在此之前，我從沒和那傢伙說話。每天晚上故意很晚回家，在走廊上遇見他時，也故意移開視線，所以，那傢伙也有點尷尬地說：「我以前在園藝師手下當過一年的助手。」他一整天都在整理院子，剪刀聲吵得要命，聽到這個聲音，總覺得連結老媽和死去的老爸的這個家的歷史，還有和我之間的線都被他一一剪斷了，心裡很不是滋味，但仔細一看，整個院子完全改觀了；雜草被修剪得一根不剩，乾涸的池塘也注了水，的確變好看了，只是已不是我熟悉的院子。三十多年來所熟悉的院子突然變成了別人的庭院，就像雖然醜卻熟悉的臉蛋突然整了型，變漂亮了一樣……在這半個月的時間裡，這個院子變成了這個來路不明的男人的東西……

我的眼神很不安，但是那個傢伙根本不可能發現。「好了。」他站了起來，伸長像鶴一樣的脖子仰頭看著我，「聽說你不記得父親的長相？我父母也在我小時候就過世了，我能了解你的寂寞。還有，你可以叫我爸爸……」

我真想揍他一拳，但還是拚命克制住了，氣呼呼地走回房間時，不禁迸出一句「混帳」。那傢伙到底在想什麼，可以叫他爸爸？雅彥的話，還說得過去，但如何叫三十五歲的我喊一個小自己四歲的男人爸爸？老媽也眞是的，竟然和年紀快要只有她一半的男人結婚……聽說老爸死的時候，她才二十四歲，難不成她還以爲自己仍二十四歲……

不管是收養雅彥還是嫁新老公，老媽都是因爲我才受到了刺激。當初，因爲我離家，她才把雅彥帶回來，而這次嫁新老公，距離我告訴她想介紹女朋友她認識、打算結婚的事還不到一個月。她不知道親生兒子什麼時候會離開這個家，便想找一個更可靠的親人在身邊。如果我不這麼想，根本就無法接受老媽有一個比我還年輕的老公。不，我死也不會承認那傢伙是老媽的老公，更不可能承認他是我的新爸爸。「媽，妳在外面被別人恥笑，我可不管。」我猜所有人絕對會大吃一驚。事情卻完全出乎我的意料，老媽說：「誰都不會笑我，大家比你更了解我。」這一次老媽又說對了。

在我離婚半年後回到家裡時，那些對我翻白眼、口無遮攔的傢伙聽到老媽再婚的消息，的確驚訝了一下，卻說：「雖然比小安年輕，但做事很穩當。」「聽說他已經開始學習廚房的工作，這麼一來，『佳善』也不怕沒有人接手了。雅彥還小，起初還眞有點擔心呢。」這些人的口氣，完全沒有指摘老媽的意思，根本是衝著我來的。

搞什麼，那傢伙根本沒什麼了不起。個子瘦瘦高高，頭髮長長的，整天穿著牛仔褲，完全不知道他腦袋裡在想什麼，和馬路上的那些年輕人根本沒什麼兩樣。一開始我還這麼認爲，後來發現他很懂得掌控人心，無論做什麼事都很靈巧。他在學習廚房工作的同時，把以前老媽因爲太忙而胡亂堆放的廚房和員工休息室也打掃得一乾二淨。經營了三代的餐廳，廚房說有多髒就有多髒。結果，那傢伙才來不到一個月就重新換了紙門，連冰箱裡也擦得一塵不染，好像重新裝潢一樣，整家店煥然一新。

我還是很不滿。外人跑來家裡攪和，不，是來整頓清理，照理說我沒有什麼好抱怨，但是我的心情卻被攪得一團亂。紙門的顏色、擦得一塵不染的玻璃，甚至泡的茶，都有了別人的作風。至於老媽，一臉奉承地說：「眞不好意思，和你結婚好像是找你來做家事的。家裡的事讓我和阿世做就好了。老公，你只要在店裡幫忙，其他時候多休息一下嘛。」

聽到了嗎？已經開始叫「老公」了耶！那傢伙完全沒發現我在一旁看了都替他們羞紅了臉，竟然擺出一副大男人的樣子，說什麼：「不，須衣，妳才辛苦，我只是盡力幫忙。」光聽對話，會覺得眞是一對模範夫妻，但看起來像母子的這兩個人，而且一個是純日本風格的中年婦女，一個是像半個美國現代年輕人，簡直就像戰前的人和戰後的人在說雙人相聲。

家裡的布置一旦改變，人也會隨之改變。那傢伙在九州旅行時就已經牢牢抓住老媽的心，沒想到連從我爺爺那一代就在店裡工作的主廚阿常也立刻被他俘虜了，「他該不會是第三代老闆留下的種吧？還眞是有這方面的才華，握菜刀的架勢，簡直和第三代老闆年輕時一模一樣。只要學個兩年，就可以取代我了。」我做夢也沒想到，第四代老闆是以這種方式誕生的。向來嚴肅的阿常竟然難得地露出笑容。連最資深的女服務生阿世也不吝稱讚：「不知道老闆娘去哪裡找到這麼好的男人？我原本還以爲時下的年輕人都不可靠，眞是讓我刮目相看了。人還眞不能光看年齡。」

只要搞定這兩個人，就等於掌握了店裡所有的人，大家都紛紛喊他「老闆，老闆」，他卻假惺惺地說：「別叫我老闆，我還不夠格……」就連對剛從高中畢業的小學徒他也諂媚地說：「你的手藝眞好。我練了好多次，皮還是削得不夠薄。可不可以教教我？」不管對誰，他都一副低姿態，極力討好……餐廳裡的氣氛向來嚴肅，但他一眨眼的工夫，就已經如魚得水，深得人心了。

接下來是雅彥。我把雅彥當成是老媽四十歲時的私生子，向來都眞心疼愛他。他對雅彥說，你和「哥哥」有任何事都可以找我幫忙。或許雅彥也不喜歡這個突然闖進來的陌生人，無論那傢伙再怎麼討好，雅彥都學我的樣，不，應該說，雖然他仍是個孩子，卻可以感受到我對那傢伙的反感，而決定和我站在同一陣線，所以他當時並沒有吭氣。但國中生畢竟還是個孩子，那傢伙帶他看了一場晚場的棒球賽，拿到一顆篠塚的全壘打球後，他就倒戈了。當我說：「你不要跟他去，下次我帶你去。」他竟然斜眼看著我說：「哥哥，和你一起去，你不是喝啤酒就是上廁所，無聊死了。」

屋漏偏逢連夜雨，我偏偏忘了雅彥的生日。那天我下班回家，雅彥拿著嶄新的球棒說：「謝謝你送我這個。」「這是什麼？」「今天是我生日，哥哥，你不是託新次先生把這個交給我嗎？新次先生是這麼說的。」我暗自大叫不妙，正想補救時，卻爲時已晚。「原來你忘記了，是新次先生代你買的禮物。」他一副自以爲是的口氣，然後興奮地叫著「新次先生」，便衝到了走廊。

「你是什麼意思？」事後我問那傢伙，他一臉不以爲然地說：「我發現他很期待你會送他東西，但你好像忘了他的生日。我打電話到你公司，想告訴你會幫你買禮物送他，但你剛好不在。」我把球棒的錢丟給他。說什麼打電話到我公司，根本是睜眼說瞎話。我能夠理解他闖進陌生人的家裡，想要討雅彥歡心的心情，但是也不需要把我當墊腳石踩在腳下吧。

或許你會認爲我爲了芝麻小事和他計較，但是凡事都可以以小見大。在六月的某個晚上，老媽有事外出，五六個看起來像黑道大哥的人大吵大鬧地說：「這麼難吃的東西，要我們怎麼吃？」

阿常氣得臉上青筋暴露，用毛巾包住切菜刀準備衝出去，大家好不容易才把他攔住，正當廚房裡一團亂時，我說：「趕快報警。」那傢伙似乎就在等我說這句話，他拿起一個酒壺說：「這個借我一下，我去看看。」悠然地走進那間吵鬧的包廂。過了一會兒，戰戰兢兢地跑去察看動靜的女服務生說：「我聽到他們笑得很愉快。」我心想怎麼可能？這也太誇張了。但一個小時後，眞的看到他滿臉笑容地把幾個穿著雙排扣西裝、面目猙獰的傢伙送到玄關，他們不僅買單，甚至還感謝廚師的用心料理。「你到底是怎麼辦到的……」大家滿臉狐疑地問，他卻一派輕鬆地說：「這個世上，只要肯低頭許多事就可以解決了……」

這傢伙是不是很卑鄙無恥。這種話應該是活了五十幾歲的男人講的，乳臭未乾的年輕人說這種話，一點說服力都沒有，然而大家都以欽佩的眼神看著他。他當然出風頭啦，但嚷嚷著「報警、報警」的我豈不是無地自容。

老媽回來後，對他說「你眞是立了大功，幸好沒有鬧到警局」時，我可以清楚感受到所有人都用冷漠的眼光看著我，我眞是豬八戒照鏡子——裡外不是人。這件事讓他建立了男人的威嚴，卻讓我的威嚴掃地。在此之前，即使我從不過問店裡的事，也因爲是老闆娘的兒子，大家都對我另眼相待，但是現在大家越把那傢伙捧在手心就越不把我當一回事。來家裡幫忙家事的年輕女服務生對那傢伙說什麼：「老闆，你那麼瘦，要多吃一點。」卻對我說：「你這麼晚回來，竟然還沒吃飯？」這簡直是鵲巢鳩佔，喧賓奪主嘛！連我都不禁認爲自己才是突然闖入的外人，我漸漸開始對人察言觀色，連在走廊上都會躡手躡腳地往角落走。我眞的快氣瘋了，你們應該可以了解吧！

我甚至感到可怕。一個素不相識，而且在我看來根本沒有什麼特別魅力可言的年輕人，突然出現在家裡，一轉眼的工夫就洗腦了大家，他無論在店裡、家裡都有一席之地。一點都不誇張，那簡直和希特勒當初改變德國人的行爲沒什麼兩樣。

但仔細想想，這也是無可奈何的事。老媽喜滋滋地說：「家裡的氣氛變開朗了。」在他出現之前，不管家裡還是店裡都有一種陰沉沉的感覺。無論老媽再怎麼努力，一個寡婦能有多大能耐？雖然雅彥現在對自己的身世還不知情，但我和老媽都很擔心，有朝一日當他知道自己不是這個家的孩子，不知會有什麼舉動；阿常在戰爭時失去太太後就一直單身至今；阿世和兒子、媳婦也處不來，幾乎都住在店裡，休假的時候，她假裝回家，其實是去逛百貨公司打發時間。每個人都有自己的心酸，沒想到來了一位魅力十足、懂得掌控人心的傢伙，大家當然會一擁而上。那傢伙也很渴求家和朋友，於是感情的供需曲線一拍即合。

儘管我才和老媽有血緣關係，但我完全被大家遺棄了，即使早早回家也很無聊，只能邀京子去看電影、喝酒……京子很迷戀我，和我是英雄所見略同，「這種男人，好噁心，你媽到底在想什麼？」但是就連京子也在不久之後被那傢伙洗腦了……

七月的時候，我患了重感冒，向公司請一星期的病假在家休息。在這段時間裡，那傢伙的確很關心我的身體，也照顧我的生活起居。儘管我很清楚他的目的是要打敗獨守空城的我，但人生病時總是特別脆弱，看到他半夜起來爲我換冰枕，不禁心想這傢伙或許眞的是好人。一星期後，我終於可以下床了。當我聽到樓下傳來愉快的笑聲，下樓竟然看到京子、老媽和那傢伙一起圍著餐桌吃晚餐，大家笑彎了腰。京子只對我說了一句：「咦，你看起來精神很好嘛。」之後便因那傢伙的無聊笑話笑得花枝亂顫。這也太奇怪了，京子可是我的女人耶！既然來探病，應該先帶到我的房間，然後再邀她一起吃晚餐，這才合乎情理啊。

京子離開後，他看到我臭著一張臉，趕緊解釋：「因爲你睡著了，不想吵醒你。」但是他接下來說：「這個女孩很開朗、乖巧。不知道會不會招待不周啊？」他還眞以爲自己是我老爸。混蛋！當父親可不是在辦家家酒——我好不容易才把這句到了嘴邊的話給吞了回去，將杯子重重地放進流理台，轉身離開。

那傢伙已經夠氣人了，但是不過短短兩個小時就被洗腦的京子更令人受不了。她臨走時竟然對我咬耳朵：「他和你說的完全不一樣，我沒想到他人這麼好。」第二天到了公司，我不正眼瞧她，沒想到當我正在工作時，京子突然站了起來，大步走到我面前說：「我最討厭你這一點。有話直說嘛，你雖然經常在背後說那個人的壞話，但當著他的面，卻什麼都不敢說。你只是嫉妒他罷了。這叫戀母情結。都這把年紀了，還整天巴著媽媽不放，你這種人才噁心呢！」她說完又跨著大步回到座位，之後便好幾天不和我說話。

我內心壓抑的情緒終於到了極限，終於在下個星期爆發了。

星期天早晨，我比平時晚起，下樓時聽到浴室傳來女服務生的聲音：「但是老闆娘交待，盡量不要讓老闆做女人的事。」他從抵抗的女服務生手中搶過髒衣服，不用洗衣機，直接用手洗。我抬頭一看，他正準備洗我的內衣。一早就從浴室的窗戶看到烏雲鑽向天空，我的內心也像烏雲一樣翻騰不已，我衝到那傢伙面前搶回自己的內衣，破口大罵：「你不是這個家的人，別多管閒事！」

他聽到這句話氣歪了臉，不，其實只有那麼一剎那而已，他搞笑皺起的臉，眼裡露出冷笑，他以眼示意我的內衣胸口附近殘留的口紅印。前天晚上我約京子，想重修舊好，卻熱臉貼冷屁股，心裡很不痛快，便和偶然走進的一家酒店小姐上賓館。

「京子小姐不擦口紅吧。」那傢伙只說了這句話，然後盯著我的眼睛好一會兒，我為自己不想被別人看到的東西竟然被最討厭的傢伙看到而不知所措，他從我手上拿走內衣，又默默地洗了起來。

我不發一語地回到房間，那傢伙的眼神卻一直在我腦海裡盤旋不去。比我年長好幾歲的經理有時候會默默地點頭，露出那種眼神，似乎對一切了然於胸。儘管沒說半句話，卻傳達了諒解的意思，好像在說他能夠了解我爲什麼會犯這種錯——男人嘛，都會犯同樣的錯。我突然閃過一個念頭，如果老爸還活著，或許也會從女服務生手中搶過內衣，露出那樣的眼神，默默地拿去洗吧。但是我又立刻甩甩頭，甩開這個念頭。我絕不承認自己有一個三十一歲的爸爸……

戀母情結——現在回想起來，我對那傢伙的反感，或許只是基於這個專有名詞而已，但在當時，我覺得提起這個字眼的京子也是個混帳東西。我悲壯地下定決心，既然大家都沆瀣一氣，那我就一個人和那傢伙對抗到底。可是大家根本沒把我放在眼裡，只管圍著那傢伙過著幸福快樂的生活。直到雅彥的暑假結束，院子裡的牽牛花葉子在氣焰變弱的太陽下發出沙沙的聲音，傳遞秋天的氣息時，這份幸福才開始蒙上一層陰影。

問題出在雅彥身上，那個傢伙竟然強迫雅彥叫他爸爸。雅彥在暑假快結束時就顯得沒精打采，當時我還以爲只是暑假作業還沒寫完的關係。有一天晚上，我經過雅彥的房間，聽到那傢伙盛氣凌人地命令：「那就叫爸爸啊！」

「我做不到，像以前那樣就好了。」雅彥都已經這麼說了，他仍然不罷干休：「以後要一起過一輩子，就算這麼叫，也不會少塊肉。」

我忍無可忍地打開門，那傢伙愣了一下，但這個牆頭草立刻堆起笑容說：「今天這麼早回來了。」

雅彥露出求助的眼神，表情僵硬地走出房間，一臉很受傷的樣子。「你也要替小孩子想一想，他十三年來沒叫過爸爸，突然要他叫爸爸，也只會嚇著他而已。沒個父親的樣子，憑什麼要別人叫你爸？你的所做所爲根本就是在辦家家酒，小孩子也看得出來你是在玩遊戲，才搖著尾巴配合你。別太臭美了。」我訓了他一頓，不過，他是那種打不死的蟑螂，竟然說：「既然這樣，那你可不可以叫我爸爸？」「你腦袋有問題啊！連雅彥都不肯，我怎麼可能？」我說完用力摔上房門，一場紛爭算是暫時落幕了。但是從第二天起，任憑那傢伙再怎麼和藹可親，雅彥根本不搭理他。

沒有血緣關係的家庭眞是不堪一擊。在此之前，家裡每天好像遠足一樣熱鬧非凡，但是在雅彥一個人短路後，整個家好像開始全面停電了。那傢伙似乎也終於有點挫折感了，有時候茫然地蹲在走廊上，獨自望著院子。九月底，他終於擺出低姿態拜託我：「須衣請我參加這次的家長會，但是可不可以請你去？」雖然我心裡有點幸災樂禍，但也不完全是這樣。我這個人，就是心太軟了，無論再怎麼討厭的人，只要對方示弱，我就會開始同情他。「可能事情太突然了，雅彥也嚇了一跳吧。過幾天，他就會想通的。」我以比他年長四歲的從容安慰他，但我去了學校後大吃一驚。雅彥在學校也悶悶不樂，聽說原因出在他的親生母親於暑假時偷偷和他聯絡，母子倆在外面見了一面。他還告訴老師，他很早以前就發現自己是養子。

我回家後向老媽據實以告，老媽也臉色大變地說：「已經十三年了，她竟然會不顧一切跑來認兒子。當時我再三叮囑，要她斷絕母子關係。算了，反正我知道她住哪裡，我會好好和她談一談，請她不要再來攪局。我也會叮嚀雅彥，不要相信那種女人的話。」老媽話才說出口，馬上又改變心意：「算了，他早晚會知道的，不妨好好利用這個機會。我過一陣子會和他談談。」我也贊成先觀察一段時間，我特地叮囑那傢伙：「在這個節骨眼，絕對不能再命令他叫你爸爸，那等於是在撕裂雅彥的情感。」那傢伙有什麼反應呢——他垂下眼睛，毫不掩飾對我的反感，但還是默默點了點頭。

當然，我沒工夫把所有心思都放在雅彥身上。所謂禍不單行，京子對我的態度越來越冷淡，諷刺的是，她開始和我的競爭對手石黑交往。

我心想如果要分手就應該找時間好好談一談，在十月的國定假日，我打電話給她，她像連珠砲般地說：「我可能和石黑先生結婚。前天你爸來找我，我已經把我的心意告訴他了。你去問你爸吧。」她的態度很明顯地不想聽我多說什麼。我爸就是指那傢伙，可能他看到我在夏天之後就爲京子的事悶悶不樂，才雞婆地多管閒事，想要找回在雅彥身上失去的信賴。

我氣急敗壞地剛掛上電話，電話鈴聲就響了。「對不起，請問府上有沒有一位櫻木新次先生……噢，櫻木是他的本姓。」電話裡傳來一個客氣的年輕女子的聲音。

「他不在，一小時後才會回來。」

「那請你轉告他，我在車站前一家叫 Sugar 的咖啡廳等他……我叫三杉美代子。」

「妳是他以前的朋友嗎？」

「嗯，是……」

由於對方含糊其詞，我突然靈光乍現，回想起來，這是第一次有人知道那傢伙的過去。他說自己沒有親人，我們也就信以爲眞，這可是天上掉下來的好機會，於是我說有事請教她，便一路跑去車站。

正如她在電話中所說的，穿著像男生般的西裝、繫一條圓點領帶，這個叫美代子的女孩長得很有女人味，和這身服裝很不搭調，而及肩的長髮更顯得純情。

聽到我的問題，她猶豫了半天，用手梳理頭髮，開始一點一滴地吐露：「今年春天，我和他在訂婚前夕分手了……」

「我很喜歡他，但他有些地方很討厭，所以我才提出分手……」那傢伙笑著說要去失戀旅行，於是去了九州，之後彼此便不再聯絡。她聽說他和一個年紀足以當他母親的女人結婚。

「於是我請徵信社調查……我下個月就要結婚了。我對他已經沒有感情，但又覺得或許他是因爲被我甩了，才自暴自棄地結那樣的婚，總覺得自己該負點責任……我希望在結婚之前徹底和過去告別……」

「自暴自棄嗎……」

「不，這只是我一廂情願的想法，他或許真的很愛你母親。別看他都這把年紀了，其實還是很在意自己的父母。應該說，還沒長大……比起母親，他更在意父親吧……」

「父母？」我第一次聽到提及他的父母，便告訴她他說他全家在火車意外中喪生了。女孩像嘆氣般笑了笑地說：「他只是希望他們死了。」

他小時候的確發生過車禍，在右腿上留下了疤痕，只是發生車禍時，他父親甩開他的手，自顧著逃命。不知道是不是這件事造成了影響，他上了國中便開始反抗父親，大學也只讀一年就休學了。他離家出走後，做過許多工作，養活自己。

「他父親叫櫻木謙太郎，是很有名的大學教授。聽說很嚴格，也很冷酷……冷酷這一點好像確有其事。他離家出走，他父親從沒找過他；他這次結婚，家裡的人也不可能不知道，但是沒有人打電話去你家吧？或許他父親已經不把他當兒子了。他憎恨他父親，不過，有時候我會懷疑，難道真的只有恨嗎……當我聽到他數落自己的父親時，反而覺得他太在意了……後來，我就是受不了他這一點……」

年輕女子說話時不時摸著蘋果狀的耳環，我默不作聲地聽。這些話不僅讓我很驚訝，同時也因那傢伙說謊而氣憤不已，但是眼前卻浮現京子的臉。京子也說過同樣的話。拋棄男人的女人，看起來都有幾分相似，這麼說來，被拋棄的男人應該也有幾分相似吧。想到這裡，突然覺得前天那傢伙在聽京子說討厭我的理由時，或許也曾有過和我現在相同的想法。接下來，自己的腦袋瓜便有點茫然了。

當我回過神時，車站大道上已經夜幕低垂，霓虹燈閃爍著很有秋天氣息的清澈色彩……我打電話回家，把那傢伙叫了出來。我在電話裡把大致情形告訴他，那傢伙出現時，神態自若地和我打招呼。「好久不見。」他面對女子，在我起身後的座位上坐了下來。我在門口回頭看了一眼，發現他們都沒有看著對方；女子看著窗外街道上的暮色摘下耳環，遞到他面前。

那天晚上老媽帶著那票女服務生去了一趟溫泉之旅。我回到家，去雅彥的房間看了一下，他正在做功課，我問他：「要不要我教你？」「不用。」他駝著小小的背，逞強地回答。不一會兒，當我躺在客廳休息時，他悄悄走過來說：「這題我不會。」以雅彥的成績，不可能不會做那道題，他是想要讓我高興一下吧。他雖是個孩子，卻用心良苦，思索自己這個外人在這個家裡的生存之道。想到這裡，就覺得他怪可憐的。他做完功課，我帶他上街吃飯，又去打電玩，好好犒賞了他一下。

回家的路上，我在鬧區一角突然停下腳步。我看到那傢伙帶了一個身穿紅色閃亮衣服的女人走進擠滿汽車旅館的霓虹燈小巷。女人濃妝豔抹，一看就知道是酒店小姐，她當然不是傍晚碰面的那個女孩。儘管只是一瞥，那傢伙的背影卻揮之不去。我只見過他像喜劇電影裡的那種笑容，不過，現在他瘦長的背影格外引人注目，在五顏六色的霓虹燈中，顯得突兀。如果被雅彥發現就慘了，我立刻假裝沒事地離開……

那天晚上那傢伙差不多十二點左右才回來。我正在泡澡，那傢伙走進更衣室，窸窸窣窣地忙了一陣，帶著醉意的聲音哼起阿常經常唱的軍歌，「父親啊，你是多麼堅強，在盔甲都會熔化的火焰旁，與敵人的屍首同眠……」不久，玻璃門上映照著他的身影，他竟然說：「我家裡的事，須衣……你媽都很清楚……但是，可不可以請你不要告訴她今天那個女孩來找我。」我也不想看到五十幾歲的老媽爲了一個足以當她女兒的女人醋勁大發，我怎麼可能去告這種密？正當我這麼想時，玻璃門咔啦咔啦地打開了，「這個幫我洗一下。」他隔著蒸氣半開玩笑地皺著臉，把白襯衫丟了過來，接著又唱起「與敵人的屍首同眠……」，邊走了出去。襯衫的領口上有口紅印……你問我洗了嗎？……洗了啊……但那又怎樣？這種事根本不重要嘛……

第二天晚上，我在一家常去的小酒館喝悶酒。午休結束，我從外面吃完飯回到空空蕩蕩的辦公室，看到京子和石黑兩人幾乎是貼在一起打情罵俏。京子一看到我馬上移開視線。她這種態度，我知道我們真的玩完了。我覺得爲這種事生氣太不值得了，因此跑去喝酒想忘了這事。當我喝得正在興頭上時，突然想起錢包忘在公司，於是打電話給女服務生，要她請雅彥拿錢過來。二十分鐘後，在酒館布簾後探頭張望的不是雅彥，而是那傢伙。

「今天晚上我請客。」那傢伙說完便爲自己斟了酒，不一會兒，他開口說：「不瞞你說，三天前我去找過京子小姐……」「別提了，我不想聽。」「那我也就不說了。昨天，那女人對你說的話應該和她大同小異。女人拋棄男人，總要爲自己找點理由。」「……」「我們扯平了。」那傢伙說完之後笑了笑。「扯平？」「我以爲我沒有寫在臉上，我隱約可以感受到你的反彈，心裡常罵你王八蛋……」他又哼起「與敵人的屍首同眠」，還幫我倒酒，他問：「你是不是還放不下京子小姐？」

我沒有出聲。「你坦誠一點吧。反正我已經被你看光了，你也沒什麼好遮掩的。」「老實說，多少有點……生氣啦。」「既然這樣……」那傢伙突然挺起胸膛說：「我來教你如何被女人拋棄……你上次不是說沒個父親的樣，憑什麼要別人叫我爸爸嗎？」他拿起旁邊的粉紅色電話撥號。

等了好一會兒，對方似乎終於接了電話。「美代子嗎？是我。」他臉上露出開玩笑似的笑容，但對著話筒的怒喝聲，我倒是第一次聽到。「昨天，妳說我什麼話都沒說，所以打算寫信給我，但是這只會造成我的困擾。我之所以沒說話是因爲我很火大。什麼妳覺得妳有責任？別臭美了。不要以爲男人和妳上了三四次床就愛上妳了。女人整天喜歡說什麼愛不愛的，我們之間根本就不存在這種東西。不知道妳是怎麼想到責任這個字眼的？我現在很幸福。妳聽清楚了，收到別人老婆的信，只會造成我的困擾。不要再和我聯絡了！」他說完便用力掛上電話，然後嘆了一口長長的氣，轉頭看著我說：「既然喜歡對方，就要被拋棄得徹底。」

他仍然嘻皮笑臉的。不知道是否爲剛才那番話感到不好意思，他突然改變話題：「你也洗得太潦草了吧？」他指著襯衫衣領上殘留的淡淡口紅印。「你也該知足了。這是我第一次幫別人洗衣服。」「……」「你怎麼了？」「……」「你還是不把我當自己人……」「對，你當然不是自己人。」正當我這麼說時，站在吧檯裡的老闆問道：「你們是朋友？」

「才不是。我根本不認識他！」那傢伙大聲叫了起來，然後像白痴一樣張大嘴巴笑，我也跟著笑，之後兩個人默默地喝酒。回家的路上，我突然想起昨天和那個女孩碰面後就一直惦記著的事，於是問他：「那個女孩說你右腿上有傷，這件事……我老媽也知道嗎？」那傢伙回答：「怎麼可以問大人這種事？」接著又搞笑地笑了起來。

美代子並沒有從此不再聯絡。兩個月後，在這一年即將進入尾聲時，她突然打電話到我公司，說那傢伙的父親罹患癌症住院了。「聽說只剩三四個月的時間而已，請幫我轉告他。」對方冷冷地說完便掛上電話。

我如實轉告，但那傢伙只「喔」了一聲，接著竟然改變話題問道：「後天訂婚時，我是不是也要穿紋服（注）？」你知道吧，不久前，在老媽朋友的介紹下，我和一個帶著孩子的寡婦相親。對方是個溫順的女人，交往不到一個月便決定再婚……決定結婚的理由？我也說不清楚，只是……可能跟那傢伙和我老媽結婚的理由相似吧。

雖然很想說到這裡就好，但是還有一件事必須交代一下。說來很丟臉，我實在不太想談……新年過後，我們就要舉行婚禮，當時我正忙著把行李運送到新組家庭而租的公寓，我在公司的走廊和京子擦身而過，她叫住了我。

「聽說你下個月結婚，恭喜你。我也快了。反正一切都過去了，我便告訴你吧。去年十月，你爸來找我……說是你爸，其實就是那個叫新次的人。他說我和你結婚會吃虧，要我和你分手。」這話完全出乎我的意料。

「爲什麼？」

「我也不清楚……反正我本來就打算和你分手，並不是受了他那番話的影響。」看到我臉色大變，京子似乎嚇了一跳，我就這麼臭著一張臉回家。

「你到底想幹什麼？爲什麼要拆散和我京子？」我顧不了老媽和雅彥就在一旁，劈頭便這麼問那傢伙。我並沒有完全接受他，但想到我結婚離家後，只剩老媽和雅彥難免有點孤單，所以勉強接納他，沒想到他竟然這樣背叛我。

「你到底想怎樣？難道自己被甩了，就見不得我幸福嗎？」我一邊說一邊顫抖著舉起了手。那傢伙移開視線，冷冷地看著前方說：「動手啊！」

注：帶有家徽的正式和服禮服。

「你是不是很生氣？既然這樣，那就動手啊！」看到他一副豁出去的樣子，我更火大了，揮起右拳擊中他的臉頰。那傢伙晃了一下，血從他的鼻子裡流了出來，但這個牆頭草又恢復了原本的表情，嘴角露出不以爲然的笑。

「我不是叫你，是叫雅彥動手。」

「你是不是很生氣？既然這樣就動手揍他啊！」「雅彥爲什麼要生我的氣。雅彥和我是一國的……」「你閉嘴，我在和這孩子說話。你揍他啊！如果不敢揍他，就叫爸爸。」「你還在說這種話。雅彥爲什麼要叫你這個外人……」我說到一半，嘴巴好像觸電般麻痺，再也說不下去了。我不禁轉頭看著雅彥，自己好像見鬼似地看著仍然垂頭喪氣的雅彥。我終於發現那傢伙剛才的對話牛頭不對馬嘴。去年九月，那傢伙並不是命令雅彥叫他爸爸……

「沒錯，我是外人，所以不需要叫我爸爸。我從來沒有命令這孩子叫我爸爸。」

我終於明白了……那傢伙是要雅彥叫我爸爸。

那傢伙抓著雅彥的手臂拚命搖晃著。

「你叫不出口嗎？你心裡明明很想叫，卻叫不出口嗎？」接著又發出震耳欲聾的聲音怒罵：「混蛋！如果現在不叫爸爸，就一輩子都沒機會了！」然後把雅彥用力推向我，我和雅彥一起倒在榻榻米上。雅彥立刻從我身上爬起來，趴在地上哇哇大哭。

我也慢慢坐了起來，看著老媽的臉。老媽眼眶含淚，怒目看著我。我雖然已經明白大家在說什麼，但腦子仍然一片空白。仔細想想，我一直當成弟弟，而且相信僅只是戶籍上的弟弟的雅彥竟然是我的親生兒子。這麼突然地宣布我是父親，眞讓我哭笑不得。

「你上次不是說，沒個父親的樣就別想要別人叫我爸嗎？這也是我要對你說的話。這孩子從去年夏天就知道一切。儘管知道了，但是到了今天還是無法接受哥哥是自己的父親，何況這個父親竟然不知道有他這個小孩，他還小，你要他怎麼承受這麼殘酷的事實。所以，他騙學校的老師自己是領養的……你眞是夠白痴的，孩子知道你是父親，你身爲父親卻完全沒有察覺到孩子的心思……這孩子恨死你了。雖然恨你，但畢竟是親生父親，至少想要叫一聲爸爸……你竟然無法了解孩子的心意……」那傢伙的眼淚像斷了線般地流下來，老媽也抽抽噎噎地說：「你眞是個笨蛋，竟然不知道那個女人懷孕了……」

十三年前，當了我半年老婆的和美和我分手離家出走後才發現自己懷孕了，於是跑來向老媽借墮胎費。老媽付了好幾倍的錢，讓和美生下肚子裡的孩子，然後自己帶回家養。當初老媽以爲我一旦離家就不會再回來。「誰想到，你竟然厚著臉皮又回來了……我不知道有多少次想告訴你眞相，但是你沒有資格當父親，你始終是個不懂事的小孩。所以，我覺得把雅彥當成自己的孩子養，他會比較幸福……」

但是去年夏天雅彥見了親生母親，了解事情的眞相後，事情就沒那麼簡單了。京子的事是老媽和那傢伙商量後決定拆散的。那是當然的，京子不可能和帶著孩子的男人結婚。這次的再婚對象大致了解我的情況，而她自己也有孩子，她說只要我娶她，她隨時可以接納雅彥。於是，那天晚上在我回家之前，老媽和那傢伙問雅彥想不想跟我走，雅彥沉默片刻後，輕輕點了點頭。所以他們正在決定是否今天晚上就告訴我一切，我卻會錯意，怒氣沖沖地闖進來。

「你眞是笨死了。雅彥從來沒讓我擔過心。雖然他的父母不成材，他可是聰明得很。只要我向他解釋，我相信他會明白的。我擔心的是你，如果你知道雅彥是你的孩子，或許會因爲怕麻煩，嚇得逃離這個家……大家都不知道該在什麼時候、用什麼方法告訴你，連雅彥也整天戰戰兢兢的……你是白痴，眞的是……」

老媽泣不成聲，那傢伙淚流不止，雅彥也哇哇大哭，身爲關鍵人物的我卻流不出一滴眼淚，一臉茫然。老媽眞是太過分了，我才不是這麼沒出息的男人。如果一開始就告訴我眞相，我當然會把雅彥視爲自己的骨肉好好疼惜，不會選擇京子作爲結婚對象，而會找一個能夠好好疼愛雅彥的女人。如今事隔十三年才突然告訴我眞相，我當然只能像老媽說的露出一臉白痴樣。我抬頭便看到那傢伙正抱著雅彥在安慰他。這次又是那傢伙扮好人，讓我裡外不是人。大家都太過分了，我心裡這麼想著，好不容易才擠出：「雅彥，你眞的想跟我走嗎？」

俗話說雨後的土更堅硬。當雅彥點頭答應總算讓這場鬧劇收場時，院子裡響起雨聲。直到第二天早晨，雨仍然沒有停。我始終無法入睡，早早起了床，走進雅彥的房間。他圓圓的臉，睡得很香甜。雖然我對他是我兒子這件事完全沒有眞實感，但以前我們相處得很愉快，以後的事也總會有辦法解決的。我心裡這麼想著邊走到樓下，那傢伙正坐在走廊上。那是個嚴寒的季節，他卻喝著啤酒，看著雨中的庭院。

「不好意思啦。」看到那傢伙眼睛下方的瘀青，我向他道歉。他搖了搖頭，又默默地喝了好一會兒啤酒，然後突然問我：「我是不是或多或少打動了你？」我咋了一下舌，點頭表示同意。「雖然你之前說我們扯平了，其實是我輸了。你藏了一張這麼厲害的王牌，我怎麼可能不輸？」「不，我們扯平了。我打動了你，這個家也終於動了起來，但只有一個人屹立不搖。」他看著庭院裡的那塊大石頭輕聲說道。

冬天泛白的晨曦中，父親留下的那塊石頭撥開了冷冷的雨絲，披上如盔甲般的苔蘚，燦爛地散發光芒。我突然心生感慨，有朝一日，身爲父親的我是否也會像這樣長滿青苔？那傢伙似乎也有相同的想法，「當父親的眞的都很厲害，死後還能在小孩子的心裡占這麼重的份量。」他嘴角一撇，似笑非笑地說道。

他茫然望著院子的石頭的眼神，讓我突然想到該不會是那傢伙的父親在最近過世了？那傢伙得知了父親的死訊，卻在我們面前故作輕鬆。一定是這樣的——想到這裡，終於了解那傢伙爲什麼在昨晚如此淚流滿面，不，我甚至明白了那傢伙在這個家所做的一切。

那傢伙的父親冷酷無情，從來沒有表現出父親該有的作爲，而他代替他的父親在這個家扮演了一個體貼、善解人意的理想、完美的父親。這是他對父親的反抗。他扮演了父親的楷模，藉此在心裡和那個對他不屑一顧、排斥自己的父親一決勝負。這個家是他理想家庭的縮影。在無法開口叫出爸爸這兩個字、默默在我身後瑟縮的雅彥心中有那傢伙的身影；雖然我對小自己四歲的新父親露骨地表現出反彈，但在我的心裡也有那傢伙的一席之地。他依然疼愛雅彥，對我的反彈也不曾露出厭煩。那傢伙藉此向疏離的父親大聲吶喊著：「父親是這麼當的，這才是爲人父親的模樣。」

昨晚那傢伙曾說：「混蛋！如果現在不叫爸爸，就一輩子都沒機會了！」「但畢竟是親生父親，至少想要叫一聲爸爸。」他那些話不是說給雅彥聽的，而是對他自己說的。即使父親不久人世了，他卻不曾去探望，他在生自己的氣。他試圖用無法將他和父親連繫在一起的那條線，將雅彥和我繫在一起。

我想起那個叫美代子的女孩說那傢伙是在大學一年級時離家出走的，這麼說來應該是十三年前的事了。我覺得這就像雅彥和我事隔十三年父子終於相認一樣，那傢伙也在十三年後藉由坐鎮在院子裡的石頭，也就是我父親的化身，和他自己的父親面對面了……

「我可不可以失禮一下？」那傢伙打了聲招呼，手臂突然一揮，用力將啤酒罐丟向那塊石頭。啤酒罐在雨中像子彈般呼嘯前進，撞上了石頭的一角，發出「砰」的清脆聲。啤酒罐立刻彈了出去，掉落在被雨淋濕、變成老鼠色的枯草中。啤酒罐的中間凹陷，折成了兩半。但在撞擊的那一刻，從啤酒罐的小孔噴出的白色啤酒泡沫順著石頭流了下來……看起來像是石頭在流淚。

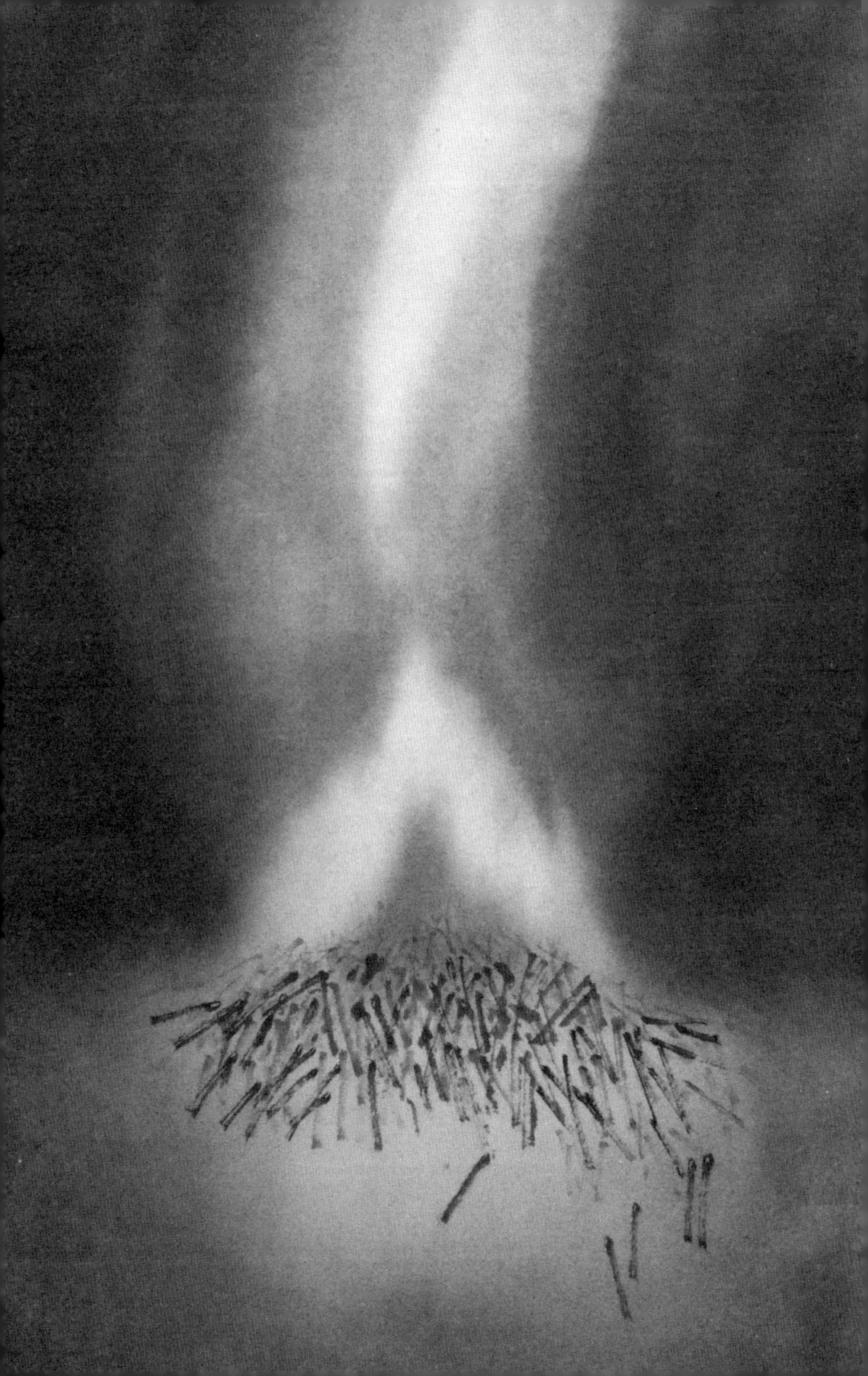

Chapter 4

小丑

外遇沒有吃虧或占便宜的問題，

重點在於熱情來了就要充分燃燒，早早滅火。

「我無所謂啊！」

計作說完，便像淨琉璃人偶變換表情那樣做出用力吊起兩道三角眉的習慣動作。

不知是否穿著嶄新、閃著黑光夾克的關係，那張猶如多了些許弧度的本壘板的臉顯得比平時更呆。當他發現美木子注視他時，不禁吐了吐舌頭，做出一臉呆樣，把難得穿上的夾克脫了下來。他的五官，除了兩道粗眉之外，毫無特色可言。當他做出這個滑稽表情時，眼睛、鼻子和嘴巴顯得特別大，活像個文樂人偶（注）一樣，似乎藏著可以操控的機關。

慘了，美木子心想。

她說話的時機不對。在他換上新夾克之前，她就應該告訴他：「不好意思，我今天晚上有事。剛才接到朋友的電話。」美木子向上門推銷來路不明的廉價皮革製品的商人買了這件夾克送他，已經是半個月前的事了，他之所以一直沒穿，就是等著今天這個結婚紀念日。他們每年在結婚紀念日都會去銀座或新宿吃飯。今天是結婚五周年紀念日。

傍晚的時候，他幾次從珠簾後探頭張望，了解店內客人的情況。他一定是算準了可以準時打烊，才悄悄從櫃子拿出夾克，可能還拿刷子刷了一下吧。他一到七點就穿上夾克，用梳子梳理前天上理髮店剪得太短的頭髮，興奮地說「走吧」，美木子才說「不好意思」。正因爲美木

注：日本傳統戲曲表演中使用的人偶。

子知道丈夫期待今晚的外出，她才難以啓齒，拖到最後一刻才說出口。看來她應該在他穿上夾克之前就開口才對。

雖然穿上夾克的前後在時間上沒有太大的差別，但正因爲他們和一般夫妻不太一樣，這種情況下往往會特別在意。也由於她知道丈夫計作會故作輕鬆地說「我無所謂啊」，更讓美木子於心有愧。

「我拒絕那個朋友好了。反正我也討厭她。說什麼她和老公處得不愉快，要找我訴苦……還說什麼美木子妳一定能體會我的痛苦。」

「爲什麼討厭她？」

「她那種口氣，好像我也爲老公的事煩惱一樣。早知道就應該告訴她，我們夫妻倆感情好得很，幫不上她的忙。」

「有什麼關係？反正美髮師不都是因爲老公不爭氣才獨當一面的嗎？」

「我們又不是單口相聲裡的人物（注）……」

「那有什麼關係。反正，我也很喜歡這樣……沒關係，眞的不必在意我。我等一下去轉角的地方吃飯，然後去打打柏青哥。妳會很晚回來嗎？」

「嗯……大概十一點多吧。安子一抱怨就沒完沒了。」

「那我就打到唱晚安曲吧。我找到好機台了。」

計作穿著結婚五年來已經磨得像紙一般薄的皮夾克，用比平時更誇張的外八字走下樓梯。他故意用搞笑的動作表示自己不在意，好讓美木子安心。雖然美木子知道他不會放在心上，但仍覺得愧疚。

最令她愧疚的是，她說接到高中時代的老友安子的電話是騙人的。不，安子的確打電話來說「想聊一聊」，但是她就像剛才對計作說的那樣，告訴對方「我幫不上忙」便掛了電話。老實說，不要以爲老婆經營美容院，老公沒有固定職業，做老婆的就會爲老公傷透腦筋，這根本是天大的偏見。計作不像安子的老公喜歡玩女人，也不是那種推說工作忙，把老婆撇在一邊的無情男人，而是完全相反的類型。上上個月，美木子聽到安子這麼抱怨時，就已經這麼明白地告訴她了，結果她卻說：「妳說妳老公體貼，那是因爲他沒有工作。如果像我老公在公司身任要職，哪有時間陪老婆。」眞不知道她到底是在抱怨還是炫耀，無論美木子怎麼解釋，安子都覺得她是死要面子、袒護自己的丈夫。

當時美木子便決定再也不聽她廢話了，所以今天傍晚當對方事隔兩個月再打電話來，美木子毫不猶豫地掛了電話，而問題就出在她之後接到了皆川的電話。

「明天，我要去歐洲兩個月左右。今天晚上總算可以喘一口氣了，能不能見個面？」

注：美髮師是日本單口相聲中經常出現的人物，其中有一則是介紹美髮師和沒出息的丈夫之間的故事。

美木子聽他這麼一說，心裡猶豫了一下，但還是回答「好啊」。

計作小心翼翼掛回衣架的夾克突然失去了黑色的光澤，看起來就像流當的便宜貨。或許眞的是流當品。這件夾克的原價只有市價的一半，美木子又殺了兩千圓，而這件事也讓她感到愧疚。她上個月送皆川一個兩萬圓的領帶夾。

「師傅……」

良子的聲音從樓下傳來。這個去年雇用的女孩以和她的臉蛋十分相稱的圓潤聲音說：「剛才老闆說等他回來再打掃，眞的可以嗎？」

「好啊。妳先回去吧。」

「好……」

美木子沒有多理會樓下拖著尾音的回答，自顧自地開始做出門的準備。她化完妝，將計作的夾克掛回衣櫃，接著拿出淡紫色的洋裝，在衣櫃的鏡子前比試。今年春天，店裡的客人也常說她的皮膚越來越有光澤。今年春天正是她與十幾年不見的皆川在國中同學會重逢的時候，美木子很清楚，自己的肌膚光澤完全是因那個男人而綻放。淡紫色的洋裝是她結婚時買的，原以爲都三十多歲的人了，再也沒機會穿，這兩、三年來始終讓這件洋裝靜靜地躺在衣櫃裡。她在上個月拿出冬季衣服時，突然拿起來比試一番，儘管眼角的魚尾紋已經藏不住了，但皮膚的光澤並不比這件衣服遜色，她當下便決定之後要穿這件衣服和皆川見面，於是將腰圍改大三公分後便一直掛在衣櫃裡。

或許是心理作用，美木子總覺得衣服上有計作的皮夾克味道。她想起計作說「我無所謂啊」的滑稽表情，便將淡紫色的洋裝掛回衣櫃，然後找了一件素雅的毛衣、披上百貨公司大拍賣時買的灰色大衣下樓。

這時才剛入冬，但透過寫著「幸運草美容院」名字的玻璃門看出去，商店街的燈光顯得特別冷清，正對面的五金行已經拉下鐵門。良子完全沒有整理就回家了。剛開始還覺得現在的年輕人恐怕都是這樣，但漸漸發現她實在不機靈。以前雇用的幸江可就不同，即使計作說「我晚一點打掃」，她也一定把店裡打掃乾淨才離開，而良子只會一個命令一個動作。

美木子並不會因此責備良子。她的技術不錯，已經有幾個固定的客人，況且她是計作靠關係從一家位在青山、經常有女明星出入的美容院挖角過來的。其實，就連美木子自己聽到計作說「我晚一點打掃」時，也會不自覺地脫口回答：「是嗎?那就不好意思囉。」老實說，她最近看到計作用針一根一根地挑出纏在梳子上的頭髮，或擦拭鏡子時，已經不再像以前那樣心存感謝了，而常常掛在嘴上的「不好意思」，也變成了有口無心的話。

美木子每次看到計作用像青蛙跳般的動作擦地時，仍會覺得不好意思，而很有感慨地說：「對不起，還要你幫忙這些事。」計作總是說：「妳怎麼這麼說。如果妳整天在意老公，怎麼可能成爲優秀的美髮師?」即使是這種時候，他也會用小拇指將抹布轉得像盤子一樣，然後故意用誇張的動作接住差一點掉下來的抹布，他那些話聽在別人耳裡，一定會覺得是在開玩笑。有時即使美木子知道計作是認眞的，她還是會覺得他是在開玩笑。同居實在是一件不可思議的事，會漸漸看不到丈夫和一般男人不同的地方，她也很自然地接受計作的這些話，認爲他就是這種人。再加上這一、兩年，隨著美容院的生意漸漸興隆，甚至有客人特地從鄰近的鶯谷搭電車過來，自己也就以工作忙爲藉口，不願面對讓丈夫做一些雜事的愧疚感。

空無一人的店裡，散發一股工作時渾然不覺的濃濃的洗髮精和髮油味。

雖然計作說會在柏青哥店耗到打烊，但他絕對會在一兩個小時後就回店裡打掃。當美木子回來之後說「你都打掃好了，不好意思」時，他一定會回答：「今天手氣太好了，一直中獎，玩到九點就不想打了。心情太好了，想活動活動筋骨。」然後拿出幾包兌獎的香菸炫耀一番。美木子很清楚，那幾包菸根本不是什麼大獎換來的，也知道計作其實並不喜歡打小鋼珠。

想到在這個飄散著女人味的地方，一個男人搞笑地邊說「好，加油。啊，慘了，慘了，水桶倒了」邊打掃的樣子，美木子的胸口隱隱刺痛，彷彿夜晚空氣般冷冽的針刺進了她的心坎。儘管已經習慣丈夫幫忙打掃店裡，但今晚她之所以感到愧疚，正是因爲在結婚紀念日這個對夫妻而言是重要的夜晚，她選擇了別的男人。

美木子決定比和皆川約定的時間晚十五分鐘到，以減輕這份愧疚感。她利用這十五分鐘簡單收拾店裡，走出門外時，攔下一輛剛好行經的計程車。

計程車穿過商店街時，美木子請司機「在這裡停一下」。

冬天的夜晚，商店街的霓虹燈看起來比平時更灰暗、冷清，但轉角大眾餐館的燈光顯得特別溫暖。今晚丈夫又會把餐館的女服務生和客人逗得哈哈大笑。有那麼幾秒鐘，美木子很認真地思考著，要不要下車去對丈夫說：「對不起，我說要去見朋友是騙你的。」即使自己告訴他：「我其實是要去見皆川先生。我和他之前沒什麼，只是從今年春天開始，每個月見一兩次面聊聊天而已。他說明天要去歐洲。」丈夫也一定會說：「好啊，妳去吧。」

計作就是這種男人。

但是她只猶豫了幾秒。美木子最後還是對司機說「開車吧」，駛離那溫暖的燈光。

正因爲計作是那種會說「好啊，妳去吧」的男人，才必須瞞著他，況且美木子也沒有把握自己可以斬釘截鐵地說和皆川之間眞的沒什麼。

剛結婚的那兩三年，丈夫這句「我無所謂啊」的口頭禪比現在更有份量。

美木子和計作是相親結婚的。

認識計作之前，美木子並不打算結婚。她高中一畢業便到朋友的母親在銀座開的大型美容院工作，在猶如女人國般的職場裡，根本沒有機會接觸像樣的男人，就這麼蹉跎了十年的歲月。

美木子快三十歲時，手上有了點積蓄，開始認眞考慮找個地方開一家小美容院，一輩子當美髮師，即使不結婚也沒關係。就在那個時候，有人和她提起相親的事。那一位銀座店的老主顧，也是某汽車公司營業經理的夫人，說她丈夫手下有一個很不錯的人選，極力向她推薦。美木子去飯店餐廳相親是抱著給老主顧面子的心態。對方比美木子大兩歲，已經三十出頭了，和照片如出一轍的三角眉笨拙地上下挑動，顯然他和美木子一樣是被趕鴨子上架。

美木子的個性有點像男孩子，做事有條理，看起來比實際年齡穩重，但其實也比一般人更冒失。第一次相親見面時，一方面因為緊張，竟然把隔壁經理夫人點的紅茶附的檸檬片加進了自己的咖啡，當她發現時，不知所措地用手遮住了臉，整張臉脹得通紅，而眼前的男子拚命忍住笑，反倒把嘴裡的咖啡噴得整桌子。事後，當經理夫人說「不好意思，那個人太搞笑了。下次幫妳介紹個帥哥」時，美木子迫不及待地說：「不，我想，我們或許可以交往看看……」

對方的出糗掩飾了美木子的失態，看到對方不停地向服務生說「對不起」，誇張地抓著頭的模樣，美木子突然發現，這個人或許是為了掩飾自己的失態，才故意噴出咖啡。

兩個人經過半年的交往之後結婚。雖然計作的長相和性格都很搞笑，但從咖啡事件所感受到的溫柔體貼，以及當美木子說：「結婚後，仍然想繼續美髮師的工作」，而他回答：「我無所謂啊！」都是讓美木子決定和他步上紅毯的原因。

在狹小公寓裡做了一年的雙薪夫妻後，當美木子提出「我想自己開一家美容院」時，聽到的回答也是「我無所謂啊」。他憑著汽車公司業務員磨練出來的口才和與生俱來的魅力，在房屋仲介公司和銀行四處奔波，讓事情有了眉目。一年後，終於在日暮里商店街的一角開了這家小而美的美容院。當美木子說「恐怕有很長一段時間，我會比以前更無法照顧你的生活起居」時，他也很理所當然地回答「我無所謂啊」。

開店一年半左右，經營得很辛苦；車站前有兩家更大的美容院，這家小店想要搶客源十分不容易，而且每個月還要支付銀行高額的貸款。計作把年終獎金完全貢獻給店裡，無論在金錢和精神上都大力協助美木子。在一年半後的夏天，美容院的經營終究陷入困境。雖然已經有了固定的客源，但為了清償銀行的貸款，向家人、朋友借的錢已經超過兩百萬，面臨了不得不放棄美容院的窘境。「上個月，用你的年終獎金總算熬了過去，這個月，連薪水都發不出來。」當計作因為工作上的應酬，深夜喝醉晚歸，美木子忍不住這麼抱怨時，他突然回答：「我把工作辭掉吧。」

計作在這家公司已經待了十年，一旦辭職的話，可以領一百二三十萬的退休金。有了這筆錢，應該可以撐三四個月吧。

「別胡說了。」美木子只當他是開玩笑，計作卻是認真的。「我哪有胡說？」「這家店，不管丟進多少錢都無濟於事。我之前也想過是不是可以預借你的退休金，但是這些錢根本就像丟進水裡一樣。與其這樣，還不如把店賣了，還清貸款，剩下的錢可以租一間小公寓，乖乖做個公司職員的太太。」「結婚時，妳不是說開店是妳一輩子的夢想嗎？妳要放棄了嗎？」「我只能放棄。我不能讓你放棄自己的工作。」「我可以放棄。」計作說得很乾脆。

他張大眼睛擠弄眉毛，一副開玩笑的樣子，但他的聲音很認眞。「我可以放棄。」他又說了一遍，一張呆滯的臉慢慢露出笑容，美木子難以置信地看著他。「我的工作沒什麼夢想可言。夢想很重要。我會陪著妳實現一輩子的夢想。」「但只有一百二三十萬也派不上什麼大用場。」「只要我更認眞幫忙，一定可以增加客源。一旦客人增加，就有很多雜事要做，這些事全包在我身上。」「你是說眞的嗎？」計作點了點頭，然後又抓了抓低下的頭說：「老實說，我昨天和公司的經理大吵一架。上班族和經理作對，哪還有前途可言……」「等一下，經理不是我們的介紹人嗎？」「我們哪還需要介紹人，從今以後我們也會過著幸福快樂的生活。」「我不是這個意思。我是說，既然是介紹人，只要你低頭道歉，他一定會原諒你的……」「不，不光是這樣。這十年來，我雖然在營業部，但始終在做推銷的工作。我很懂得掌握客人的心思，業績一直很亮麗，那傢伙就想讓我一輩子做推銷，我早就猜透他的心思。我已經厭倦了。」「這種時候，你打退堂鼓，我該怎麼辦？」

結婚後，從沒聽他抱怨工作上的事，所以美木子在感到意外的同時，心裡也有些難以接受。「正因爲每個月都有你那份薪水，我才能夠放心地開這家美容院。如今要是連這份安定感也沒了，那眞的是一無所有了。」

計作沉默片刻之後說道：「妳說反了。」他喃喃地說：「這種安定感是多餘的。你一定是覺得我有穩定的工作，就算美容院關門大吉也無所謂。如果妳沒有結婚，獨自開這家美容院，遇到瓶頸，妳也會不顧一切往前衝。所以是妳在打退堂鼓。」「但是你辭掉工作，店裡就眞的只剩一屁股債，到時候該怎麼辦？」「到那個時候，我們就推著車，擺路邊攤賣拉麵好了。我很嚮往那種生活。小時候我經常看到一對老夫妻推著破舊的路邊攤車子，當時我還很認眞地思考長大後到底是要當電車車掌還是擺路邊攤呢！」

美木子忍不住笑了起來。計作拿起扇子，爲美木子搧風，連風都有點飄飄然的，美木子覺得自己那麼認眞顯得很愚蠢，她甚至開始覺得，和這個男人一起擺路邊攤過日子，或許也可以從中找到樂趣，而且他那句「只要我認眞幫忙，一定可以增加客源」的話很値得信賴。最近美容院有許多商店街的家庭主婦和年輕女孩的客人上門，這都是計作去小酒店喝酒時，順便爲美容院做宣傳，或是假日走在商店街，趁買菸的時候和別人站著閒聊，巧妙地提到美容院的名字所立下的功勞。憑他這幾年來在公司銷售汽車的業績保持第一名的伶牙俐齒和與生俱來吸引他人的本事，正式成爲這家美容院的宣傳經理，而不是像現在這樣隨興地宣傳一下，絕對有助於增加客源。

美木子幾乎要點頭答應了，但又覺得實在太冒險。正當美木子猶豫不決時，計作雙手向前一伸，做出拜拜的姿勢說：「拜託妳！」

「我明天就想辭掉工作，拜託妳。妳就當做是拯救我……我很愛妳，讓我幫妳完成夢想吧。」

他發揮了他最擅長的演技，美木子突然有一股想要成全他的衝動。

但她還是考慮了一整晚，她在第二天晚上又問他：「你昨天說的是認真的嗎？」當她再三確認後說出：「我決定了，不妨就照你的意思吧。」他誇張地嘆了一口氣說：「太好了。我看到經理就討厭，今天一整天都在外面……是嗎？這麼一來，我也終於成爲美髮師的男人（注）了。」接著他磕了頭，意思是「日後請多多關照」，美木子看著前方，擔心這一步是否走錯了。計作誤會了她的意思，抖了抖三角眉說：「我無所謂啊。我很喜歡這種生活。」

現在回想起來，美木子仍然搞不清楚當初爲什麼會輕易接受丈夫的草率提議。只能說計作天生具備了左右人心的本領。當時，如果丈夫是那種老實人，跟著一起愁眉不展，美木子還眞不知該如何是好。計作調皮的表情和一番玩笑話，把美木子胸口的煩惱荊棘溫柔地予以包容，拯救了美木子。

就聽他的吧。半個月後，證明了當初不明就裡的決定是對的。

爲了完成交接，計作在一個月後才正式辭去公司的工作，但從那段時間開始，他已經把公司的事拋在腦後，專心爲美容院奔波。

話雖如此，光看表面完全看不出他是認眞投入。公司休假時，他一覺睡到中午，頂著一頭睡得橫七豎八的頭髮，把零錢和香菸放在屁股後的口袋，打著呵欠說：「我出去一下。」便不見人影。當美木子拉下鐵門，商店街熄燈的時候，他才回家，從口袋拿出幾根火柴棒放進裝糖果用的玻璃罐裡說：「今天這幾個應該沒問題。」

即使問他「你在幹什麼」，他也悠哉遊哉地回答：「反正過一段時間妳就會知道了。」不久美木子也漸漸了解計作外出回家後，玻璃罐裡火柴棒增加所代表的意義。隨著火柴棒數目的增加，新顧客也跟著急速成長。

新顧客大部分都是商店街和附近的居民。美木子從那些客人口中得知，計作經常到生意好的咖啡店和餐廳積極招徠生意。

雖說是招徠生意，但是他並沒有替美容院積極地宣傳，只是在閒話家常的最後補上一句：「我是那家美容院……你不知道嗎？就是那家快倒的小店，叫幸運草。」即使美木子上門買東西，至今也不曾和她打招呼的藥店老闆娘竟對著鏡子露出親切的笑容說：「聽說妳老公很有趣，我老公很喜歡他耶！」蔬果店的老闆娘拿著賣剩的蔬菜上門道謝：「上次給妳老公添麻煩了，我請他幫我看十分鐘的店，結果他幫我把蘿蔔都賣完了。」她還順便燙了頭髮；每個星期來洗一次頭的柏青哥店女店員，看到計作不在，也會難掩失望地說：「唉呀，今天大叔不在啊！」

注：一般認為，娶了會賺錢的美髮師為妻就可以一輩子不愁吃穿，引申為吃軟飯的男人。

一個月後，一到星期天店裡就擠滿了那些拉下鐵門不做生意的商店街商家的太太，這時計作會坐在角落陪等候的客人聊天。「我們公司破產了，我是美髮師的男人。別看我太太長得眉清目秀的，她可凶了，我稍微偷懶一下，她就會踹我小腿。看看，這裡還有瘀青呢！」他拉起長褲，秀出前一天從樓梯滾落時撞到的傷，逗得客人哈哈大笑。美木子也像唱雙簧一樣，適度配合丈夫的胡說八道，但計作卻一派自然，一副摸魚偷懶的表情，巧妙地吸引了客人，而成果很快就反應在營業額上。

他的退休金只有八十萬，而且是到了秋天才領的。那兩、三個月，靠著拆東牆補西牆熬了過來，店裡雇用的兩名女孩對遲付薪水也沒有半句怨言。計作分別請她們去附近的咖啡店，花了一杯咖啡的錢，成功地說服了她們。

當開發完商店街的客戶，計作出門時會多帶一點錢，到附近的酒店街開發客源。他深夜喝得酩酊大醉回家時，仍會把火柴棒丟進玻璃罐。每當他喝得越醉，火柴棒的數目就越多。

儘管客人增加的數目並不完全和罐裡的火柴棒數一樣，但即將入秋時，每到傍晚時分，店裡就會坐滿酒店小姐，讓美木子她們忙得不可開交。

計作的酒量不好，某天晚上，他把滿滿的一大把火柴棒塞進玻璃罐後，便直接趴在店裡的洗頭檯上嘔吐。美木子撫著他的背說：「何必勉強自己喝那麼多。」他吐到一半便轉過頭來說：「嘔吐很舒服耶，我就是爲了享受嘔吐的樂趣才喝酒的，妳不知道嗎？」接著伸出舌頭，假裝對著美木子嘔吐，結果眞的有點想吐了，才趕緊轉頭對著洗頭檯。即使他在那一刻皺成一團的臉，看在美木子眼裡也覺得在搞笑。

「妳老公的〈安來節〉（注）眞絕。」

美木子聽皇冠大酒店的小姐這麼說，才知道計作利用表演秀的空檔跳上舞台跳起〈安來節〉，贏得所有客人的喝采。她對他說：「你不需要做到這種地步。」但計作沒有正面回答，只說：「是我自己愛現。我只要有點醉意，渾身就不安分，我的個性就是這樣啦。我在公司的尾牙曾經領過頭獎呢。下次我喝醉了就跳給妳看。」

與其說是個性，還不如說是天生。他就是天生長得討喜，而且就取悅人這件事，他比誰都樂在其中。除了〈安來節〉，他經常會有「太過分」的舉動，但這些舉動對增加美容院的客源有實質的幫助，美木子也就不便多說什麼了。

除此之外，他們極度縮減生活費，在那年年底償還了銀行貸款之外的所有債務。到了第二年春天，已經有盈餘，終於小有積蓄了。

然而，客人一旦增加，美木子她們的工作量也隨之增加。於是店裡又增加一個人手，仍是忙不過來。美木子和他商量：「要不要再雇一個人。」他說：「不，沒這個必要啦。」「但是店

注：日本島根縣安來市的民謠，很討花街柳巷喜愛的歌。

裡沒有人手可以打掃、洗毛巾。」「這些事，交給我就行了。」「怎麼可以讓一個大男人做這種事？」聽到美木子這麼說，計作一臉詫異，認眞地說：「我只有中等個頭啊！」然後又說了那句「我無所謂啊」。

雖然他之前承諾喝醉了要表演的〈安來節〉至今仍未看到，但是從他打掃店裡時轉腰的動作，以及擦窗戶的手勢，大致就能想像會是怎麼回事了。即使店裡有客人，他也會打掃地上的頭髮，看到他整個人都樂在其中的樣子，不禁覺得這個男人把打掃和洗毛巾當成了餘興節目表演。

計作的老家在大阪經營紡織品批發。他在六個兄弟中排行老么，除了計作之外，其他人都從事一般刻板的工作，幾個兄弟都像個性嚴謹的父親，個個都很古板。如果計作不和美木子結婚，或許會一輩子待在汽車公司當業務員，腳踏實地的過一生，娶了美木子，獲得「美髮師的男人」的寶座後，原本不明顯的「搞怪個性」如魚得水，發揮得淋漓盡致。

「聽說我爸是我祖母和賣藝藝人偷情生下的雜種，看來只有我身上流著這種血液。」

不知何時聽到的這句話，也讓人覺得是信口開河。

經常聽人提到星媽一詞。計作辭去工作至今的一年半裡，正是扮演了像星媽的角色。爲了讓美木子站在美容院這個舞台，培養她成爲一流的美髮師，他在幕後默默地耕耘。

新雇用的年輕學徒手腳很不靈活，完全幫不上忙，經過半年左右，決定辭退她時，也是計作在不傷害對方的情況下談妥的；同時，他又去青山的一流美容院，用比之前更低的薪水把良子挖過來。店裡的生意一好，難免遭人嫉妒。當車站前的美容院女主人四處散播謠言時，用報紙包著別人送的哈密瓜上門打招呼的也是計作；當商店街的家庭主婦和酒店小姐差一點打起來時，當然也是計作及時出面，用幾句玩笑話化解危機。

當個性閒散的良子，因一時分心不小心用剃刀刮傷客人的耳朵，客人的丈夫打電話來吼叫「我要報警」時，也是計作說「我去道歉」；當擅長招呼客人卻很粗心的美木子誤把客人寄放的錢包交給第一次來店的客人，從此一去不回時，計作也說「就推說是我弄錯了」。

「我無所謂啊，反正我就是喜歡扮演這種角色。」

「我很樂在其中喔。當美髮師的男人很不錯喲。」

從這些話聽來，美木子在這一年半裡似乎沒有做任何堪稱是賢妻的事。但是計作說他樂在其中，似乎並非言不由衷。不知道他是不是沉醉於「美髮師的男人」這樣的角色，這一年來，手頭不再拮据後，他每天睡到中午，頂著一頭亂髮一身邋遢地出門，表面上看來，他不是去柏青哥店就是上咖啡店混，即使回到店裡也是在店門口晃盪。但是背地裡火柴棒仍不斷增加，而他打掃起來也很認真，所以，恐怕他是故意要扮演大家心目中的「美髮師的男人」吧。

「家裡開美容院，老公卻頂著一頭亂髮，太不像話了。你趕快坐好，我幫你剪一下。」類似這樣的話，美木子不知道說了多少次，但計作每次都說：「我這樣就好。」當對他說：「你讓太太剪頭髮，不就更像你喜歡的美髮師的男人嗎？」他卻說：「妳應該知道後面巷子的理髮店有一個我喜歡的漂亮小姐吧？」「我當然知道，她到底有什麼好？那張臉就像沒有削乾淨的蘋果一樣。」計作打量美木子的臉，笑嘻嘻地說：「哦，妳在吃醋喲！多吃點醋。美髮師的男人如果不能讓老婆吃醋就不算是吃得開。」

這種時候，眞搞不清楚他說的到底是眞是假，雖然有點令人生氣，但想到以前筋疲力盡、心情煩躁時，或是痛苦的時候，他那張搞笑的臉和油腔滑調的說話方式派上了不少用場，也就沒什麼好數落了。

和這種男人根本不可能吵架。回想這五年來的婚姻生活，兩人不曾拌過嘴。

如今計作已經是商店街最受歡迎的人，但人性本愛說長道短，街頭巷尾到處流傳那家太太爲沒出息的老公不知流了多少淚，或是兩個人整天吵架的謠言。

正如同可以斷言這些傳言是毫無根據的一樣，計作這個男人無論對美髮師或其他職業婦女來說，都是理想的丈夫。

至今五年了，結婚這麼久，一般妻子應該都已經開始懊惱自己嫁錯人，但美木子不曾有過類似的後悔。

「妳沒有告訴妳老公嗎？」

美木子老實地點頭回答皆川，然後搖著杯子，輕聲地說：「爲什麼？」美木子大半是在自言自語，但皆川以爲是在問他爲什麼這麼問。

「如果妳告訴他是和我見面，我就會像平常那樣，讓妳早點回去。」

美木子微醺的雙眼不禁看著皆川的臉。皆川稱不上是美男子，但一對細長的眼睛很有男人味。他的外表粗獷，和室內裝潢設計師給人的細膩印象不太相稱，但是他笑起來特別親切。今晚，他一隻手靠著吧檯學美木子搖晃杯子裡的酒，那側臉看起來十分溫柔。

「你是認眞的嗎？」

「什麼？」

「……搞什麼嘛，我還以爲你在勾引我。」

皆川轉過頭來，美木子趕緊擠出笑容好掩飾自己在無意間變得認眞的眼神，皆川則是收起笑容。

「我是在勾引妳。在飯店的酒吧裡，一個成年男人對一個女人說不想讓她那麼早回家，難道還有別的意思嗎？問題在於到底是不是認眞的。」

「……你倒是推得一乾二淨。」

美木子笑了起來。這兩人的對話到目前爲止已經有好幾次遊走在危險的邊緣，美木子每次都用高亢的笑聲敷衍，皆川平時也會跟著笑，今晚卻一臉嚴肅。

「我是認眞的。」
「……」
「雖然是認眞的，但是我如果這麼說了，妳就會對妳老公感到愧疚，所以不妨從頭到尾都當成是開玩笑的吧。」
「從頭到尾，從哪裡開始？到哪裡結束？」
「從我勾引妳的那一刻開始，到妳離開飯店的房間。」
「我一個人離開房間嗎？」
「那當然。妳總不能過夜吧？」
「喔！也就是說，我雖然是偷情，但你是單身，所以沒有外遇的問題。」
美木子又笑了起來。
「算了。我太吃虧了。」
「外遇沒有吃虧或占便宜的問題，重點在於熱情來了就要充分燃燒，早早滅火。」
「你倒是很有經驗嘛！」
美木子邊說邊心想，今晚的皆川的確有點奇怪，不能繼續聊這個話題了。他雖然經常出國旅行，但在即將離開日本兩個月的前夕，心情上的確會不同於往常。今晚或許是皆川的特別之夜，但更是自己的特別夜晚。

「今天晚上不行。今天是我們的結婚紀念日……」

皆川似乎吃了一驚，但他是個不動聲色的人，很難從他的表情看出什麼。

「我們……聽了有點吃醋耶！還是說我應該為妳在結婚紀念日還特地來見我感到沾沾自喜？」

「誰知道！」

好一陣子，兩個人默默無語地喝著酒，最後皆川突然開口：「妳老公眞是個好人。」

皆川和計作在今年四月見過幾次面。同學會結束，兩人單獨去喝酒，當美木子提到「我想把店裡重新裝潢一下」，皆川便說自己可以優惠她。美木子和計作商量後，可以動用的預算少得可憐，但皆川原本就有做賠本生意的打算，做出從那些預算完全難以想像的效果。工作場的裝潢是皆川手下的年輕人負責，但在三天的裝潢期間，皆川每天都會露一下臉。第三天晚上，他們三個人圍坐在美木子為了表示感謝特地下廚做的料理旁，皆川和丈夫像舊識般談笑風生。尤其是計作，或許是看到自己在背後默默支持的店改裝得這麼漂亮而特別高興吧，招呼得非常周到，只差沒跳起〈安來節〉罷了。之後計作也不時提起「改天找皆川先生來坐坐嘛」，而皆川每次提到計作，也會感嘆地說「他眞是個好人」。

「正男，他也覺得你是個好人。」

美木子用這句話結束了已經探觸到前所未有的危險邊緣的對話。她很清楚，皆川雖然從國中時代就很霸氣，但還不致無視於自己的這番話，霸王硬上弓。

美木子比預定的十一點提早一小時起身時，皆川說還想坐一下，她便留下皆川，獨自走出酒吧。她用飯店前的公用電話撥電話回家，計作很快接了電話。

「你在啊！我現在就回去了，店裡我會打掃。」

「我剛打掃完。去打柏青哥時，一下子又中了大獎。對了，我在柏青哥遇到五金行的老爹，他找我去『綠洲』，我等一下就要過去。妳慢慢來，沒關係。」

什麼中大獎，一定又是信口雌黃。美木子心裡這麼想，掛上電話。

美木子搭上在飯店前攔到的計程車，在日暮里車站下車。這一路上，皆川臨別時所說的話，一直在她的腦海裡盤旋。關上車門時，她終於將這番話拋在腦後。美木子朝酒店街走去。她推開掛著「綠洲」招牌的小酒店的大門，用眼神向吧檯後面那位熟識的老闆打招呼。狹小的店內深處，計作正雙手抓著麥克風唱歌。

「我和妳一起在利根川的船頭，我們一起生活吧……」

他唱得忘我，緊閉雙眼上方的兩道三角眉抖動著。充滿哀傷的〈船頭小調〉被他唱得很有喜劇效果。

計作唱完一曲，客人鼓掌喝采時，他才發現美木子，便朝她走來。

「妳外遇去了。」

計作才坐下便這麼說。美木子訝異地轉過頭來，計作滿臉笑容。

「我回家後，妳那個叫安子的朋友剛好打電話來，她說今天晚上並沒有和妳碰面。妳和誰外遇去了，趕快從實招來。」

計作半開玩笑地問，美木子坦誠回答：「皆川先生。」

「他說明天要去歐洲兩個月，爲他送行。本來不想瞞你，但是丟下我們的結婚紀念日，跑去見其他男人，我實在說不出口。皆川先生要我問候你。他還說很喜歡你。」

美木子覺得自己似乎對兩個男人說了同樣的話，雖然有點愧疚，但畢竟掩飾過去了。計作也一臉得意。

「我也很喜歡他。爲什麼不帶我一起去？下次帶我一起去嘛。」

看到丈夫毫不起疑的笑容，美木子心裡突然一陣空。但那不是放心的空，而是有些空虛傷感的空。美木子不知道這份空虛傷感因何而來，只覺得空空的心中響起了皆川的聲音。皆川在臨別時說：「我回國後會再打電話給妳。下次來見我的時候，請妳做好心理準備。」

「啊，我再來唱一首……」

計作抓起麥克風站了起來。美木子拿起自己的杯子輕輕碰了碰丈夫留在吧檯的空杯子，一飲而盡，同時在心中輕聲地說：「第五次結婚紀念日……」

年底年初的生意特別忙，才一眨眼，兩個月便過去了。這段期間，唯一值得一提的是良子新年才過便突然提辭職。去年年底，她便整天悶悶不樂，即使問她，她也不肯透露半個字，一再堅持「希望妳同意我辭職」。

最後只好又請計作出面調解。店裡打烊後，計作帶良子到附近的餐廳，他深夜回家時說：「已經談好了，她這陣子應該不會再提辭職的事了。」「怎麼這麼晚才回來？」美木子問。「她為男朋友的事煩惱，說要丟下一切，想一死動了，所以我帶她去喝酒，好好安慰她一下。」計作說完，嚷嚷著「喔，好冷，我要去泡個澡」，便搖搖晃晃地下樓。

或許是計作的安慰奏效，良子第二天來上班便對美木子說「對不起」。她雖然仍是一副很遲鈍的模樣，態度卻很誠懇。

又過了一個月。在這二月的第一個星期天，美木子準時關上店門，對計作說：「傍晚皆川先生打電話來，說他已經回國了，有很多趣聞，邀我和你一起見個面。你有空嗎？」

其實這話已經過了一番算計。昨晚計作說他的朋友從大阪上來，約好一起吃晚餐。「太遺憾了，可是我也不好意思拒絕特地從大阪上來的朋友……幫我向皆川先生問好。」他的回答果然不出美木子所料。雖然一切都如她的算計，美木子還是鬆了一口氣。皆川在電話裡說，已經在平時見面的九段下的飯店訂了房間，他大約九點才能到，請美木子先到飯店房間等他。美木子正打算像上次那樣換上樸素的衣服，計作卻堅持：「穿更年輕一點的顏色嘛，不然他一定覺得還是外國女人好。」美木子聽從他的建議換上那件淡紫色的洋裝時，他又在梳妝檯東翻西找地找出一條相稱的珍珠項鍊。

雖說他喜歡皆川，但畢竟是自己的妻子要去見另一個男人。這個人連妻子穿什麼都要費心，到底在想什麼？美木子甚至覺得有點生氣。這個氣沖淡了準備背叛丈夫的愧疚，她很自然地留下一句「我可能會晚點回來」便出門了。無論是在計程車上，還是在飯店櫃檯報出皆川的名字、接過鑰匙時，以及在電梯裡，美木子都出奇地平靜。

房裡除了一張豪華的雙人床，沒有什麼特別之處。在理所當然的房間和理所當然的男人發生理所當然的外遇，就這麼簡單。美木子這麼想著，靜靜地等待。

過了約定的時間，皆川始終沒有出現。將近十點時，電話響起。

「突然要加班，不好意思，今天晚上恐怕，」他說到一半，突然改口：「不，老實說，我一直在猶豫。我還是無法背叛妳老公，我一直想起他親切的樣子。不好意思……妳老公眞的很愛妳，也很信任妳。」

「別說了。下次你去勾引有個壞老公的太太吧。」

「不過，妳來了，我很高興。」

「我早有預感，知道你會打這個電話，所以才放心過來。對了，去年沒有來參加同學會的那個綽號叫平助的同學，他每次都故意出糗逗大家笑，他現在在做什麼？」

「妳是說佐藤吧？聽說是在公司上班。怎麼突然問起他？」

「嗯，剛才我突然想起他……」

「妳想到的不是佐藤，而是妳老公吧？」

被皆川識破了。美木子走進房間看到那張雙人床，突然想起蜜月旅行在長崎飯店的初夜。不知是否太緊張了，計作抱著美木子不得其門而入，他誇張地抓著頭，做出搞笑的表情。那是他第一次做出吊起三角眉的表情，從此成了他的習慣動作。

「那，再聯絡。」美木子說完掛上電話。窗外不知什麼時候飄起了雪花。原本以爲自己很平靜，現在才發現自己一直很緊張，此刻突然感到渾身疲累，美木子在床上躺了下來。皆川的那句「妳老公眞的很愛妳」就像催眠曲般在耳邊響起，她就這麼睡著了。

當她醒來時，枕邊的時鐘已經指向三點。年輕時，她向來對自己從不認床感到驕傲，但沒想到這竟然讓她在原本應該是外遇的床上睡過了頭。她慌忙到浴室的鏡子前整理頭髮，然後一路衝出房間、衝出飯店大門，坐上計程車。

雪越下越大，東京的街道在夜色的籠罩下，又被厚厚地披上一層雪衣。白茫茫的雪讓熄了燈的商店街更顯冷清。

美木子輕輕推開門。二樓的燈光微微地照亮了店內，裡頭和她出門時一樣雜亂，看不出打掃過的痕跡。最後一位客人的頭髮仍一坨一坨地堆在地上。美木子覺得礙眼，伸手拾起丟進垃圾桶，然後躡手躡腳地上樓。

計作沒換下衣服，半個身體塞進桌爐睡著了。她脫下大衣，正準備打開衣櫃時，吵醒了計作。「怎麼這麼晚？」他語帶呵欠地問道，緩緩坐了起來。

「好玩嗎？」

妻子和其他男人混到快天亮，他竟然毫不懷疑，還問什麼「好玩嗎」。

美木子突然感到很生氣。

「我外遇了。剛才和皆川先生去了飯店。」

等她回過神時，話已經脫口而出了。美木子不知道自己爲什麼要撒這種謊，她撥了撥頭髮，轉身看著計作，在他對面坐下來。

「我和皆川先生外遇了。我背叛你，混到清晨才回家。你不說點什麼嗎？」

聽到美木子突然豁出去的這番話，計作愣了一下，但立刻用帶著睡意的聲音說：

「好漂亮……妳今天晚上最美了。這條項鍊配得眞好。」

計作像往常吊起三角眉時，美木子的淚水奪眶而出。她很想說自己很寂寞，卻說不出口。搭計程車回家的路上，美木子望著窗外一片白茫茫的景色，突然明白了自己爲什麼接近皆川。她對皆川沒有愛，只是覺得和太完美的丈夫沒吵過半次架的婚姻生活太幸福了，反倒令她感到寂寞。她知道，即使自己外遇了，丈夫也絕不會生氣，因而感到寂寞……

「你怎麼不像平時那樣說『我無所謂啊』？」
「我無所謂啊……」
美木子更加難過了。她遷怒地扯下項鍊，用力甩在桌爐上。項鍊斷了線，珍珠散落一地。
「這根本是本末倒置，應該是你生氣才對。我覺得好像被你當傻動了。」
美木子話說出口，反而更加生氣了，她不發一語。
計作嘴角仍然掛著微笑，默默地撿起珍珠，接著猛然抬起頭來說「笑一笑」。美木子用力搖著頭。
「那就沒辦法了。」
計作說著，誇張地鼓起臉，接著伸手過來。美木子以為他要動手，然而並不是。他抓起美木子的手輕輕放在自己的臉頰上。
「你和他上了幾次床？」
「一次……只有今天晚上的一次。」
計作用美木子的手拍了自己的臉兩三次，輕聲地問：「那我到底是第幾次？」他重覆說了好幾次之後，美木子才終於明白他的意思，她甩開計作的手。
「你和誰……」
她不禁問道，計作抓了抓頭，又摸了摸冒出鬍子的臉頰，嘀咕地說：「女人容光煥發地回到家，男人卻一臉鬍渣。」接著依舊一臉搞笑的表情說：「我也剛從良子那裡回來……」

前年，把良子挖角過來沒多久，我們就發生關係了，上個月良子突然提出辭職，就是爲了這個緣故。我向她保證，會和老婆離婚，和她廝守終生，但是我一直下不了決心，她覺得忍無可忍，吃安眠藥自殺，我安慰她，在春天之前一定會把事情搞定。原本打算再瞞一陣子，事到如今只好打開天窗說亮話了。聽了這一番話，美木子無言以對，許久才擠出「爲什麼……」這幾個字。「這是全天下男人都會犯的錯，沒什麼理由……那妳又是爲什麼？」計作好像在聊什麼輕鬆話題似地問道。

美木子搖了搖頭，說不出話來。事後回想起來，那正是說「剛才我是騙你的」的唯一機會。但是丈夫突如其來的自白讓她陷入一片混亂，使得她放棄了這個機會，何況去飯店房間時，她就已經決定要和皆川發生關係了。

她還沒從這個打擊清醒過來，計作便悠然地站起身說：「從今晚開始，我就去她那裡了。」美木子沒有阻止，只是呆坐在原地，他踩著和往常一樣輕快的步伐下了樓梯，接著傳來關上大門的聲音。

直到因爲下了雪而比平時更顯蒼白的黎明時分，美木子把疲憊、寒冷的半個身體塞進桌爐躺在榻榻米上才開始感到生氣。把我當傻瓜耍了……她輕聲說道。自己光和皆川見面就覺得很愧疚，而計作和良子，那張滑稽的臉和遲鈍的臉，竟然在兩年前就已經背叛自己了。事後回想起來，一月時，當良子說要辭職，計作去勸她，結果到了半夜才回來，當時就已經很奇怪了。那張滑稽的臉竟然是他掩飾外遇的假面具，美木子完全被蒙在鼓裡。他今晚爲準備去見皆川的美木子精心打扮，也只是爲了掩飾自己要去赴良子的約而已。或許他之前就隱約察覺到美木子和皆川之間的關係，雖然察覺了，但是他的眼裡只有良子，根本不在意妻子外遇。原以爲他是個過度體貼的丈夫，因爲他異於一般男人的體貼而感到寂寞才去見皆川的美木子，此刻爲自己的愚蠢感到怒火中燒。

儘管叫人難以置信，卻不得不信。她一整夜沒闔眼就接著開店營業。這一天良子沒有任何聯絡也沒有來上班。美木子關上店門，去了在飯田橋後方的良子公寓，她一年前曾造訪過一次。良子以前住的房間現在住著一對夫妻。從管理員那裡得知，良子於去年年底就搬走了，說是搬到更高級的公寓。管理員也不知道她搬去哪裡。看來他們從去年年底就開始著手準備愛巢了。美木子心想，這種男人不回來也罷。一個人氣鼓鼓地朝車站走去。

第二天，良子仍舊沒有出現。晚上九點過後，計作終於來電話。

「我現在過去一下。」一小時後，計作一副沒事般地從門口進來，他說：「我只拿那件新夾克。」說完就自顧自地走上二樓。這張五年來熟悉的臉，背後竟然隱藏著和欺騙老婆的世間男人沒什麼兩樣的小聰明。一想到這裡，美木子的胸口再度竄起怒火。她好不容易克制住，才緩緩走上樓梯。

計作把兩年來蒐集了三個罐子的火柴棒，全倒進今年過年買來準備烤年糕的火盆，正準備點火。一根火柴的小小火焰很快蔓延到其他火柴棒，發出煙火般的嗶啵聲。最初的幾秒鐘有如幻影般漂亮，但很快就變成一團火焰竄升。計作「哇噢」地叫了一聲，誇張地避開火焰的表情依然像在搞笑，美木子知道他是眞心要離家出走。但是她一點都不想攔他。美木子內心也有一把熊熊燃燒的火，根本無暇思考接下來會發生什麼事。

火又竄燒了一次，但一轉眼便燃燒殆盡。從來沒有吵架、爭執的這兩個人，在這些歲月裡或許並沒有累積什麼夫妻之情，因此，即使丈夫就這麼離開，美木子似乎也沒有任何留戀。

「我已經這把年紀了，她還年輕，有朝一日我或許會被她趕出來，再回到這個家。到時候你如果對我還有一點感情，可不可以讓我回來？我跟其他人說我老爸病倒了，要回去大阪一年。」

計作自顧自地說完便走下樓梯，美木子也跟在後面。走到樓梯盡頭時，美木子出其不意抓住計作的手。計作以爲美木子要挽留他，回頭露出驚訝的表情，美木子說：「怎麼可以頂著一頭亂髮離開？」計作回答：「沒關係啦！」美木子硬是將他拉到鏡子前坐下。或許計作察覺到美木子在生氣，於是順從地說：「那可不可以請妳幫我剪短一點？」

美木子拿起剪刀時，他用很戲劇化的聲音說：「妳應該不會心生嫉妒而對我下手吧？」

「都這種時候了，認眞點好不好？」

「我很認眞。我向來都很認眞。」

雖然他露出如他所說的認眞表情，但看在美木子眼裡也像是在搞笑。他們在鏡中四目交接，美木子搶先避開了，動起手上的剪刀。她第一次剪丈夫的頭髮，發現他的頭髮比想像中的粗硬，剪起來很有感覺。

美木子將注意力集中在手指上，以免剪刀顫動。她每剪下一撮頭髮，心中的怒氣似乎也漸漸平息。在快要剪完、準備幫他剪後方的頭髮時，她凝視著他的後頸。最近美容院也經常有男客上門，每次幫他們剪後頸上的頭髮，總覺得男人的後頸和女人很不一樣，有一種呆板又孤單的感覺，計作的後頸也一樣。看著他青白的後頸，她發現只有那裡仍然是她五年來所熟悉的丈夫。計作像人偶一樣垂著頭，美木子也垂著頭靜靜地看著他的後頸。如果現在丈夫說「我不想離開」，自己或許會對前天的事一筆勾消，默默地點頭接受。

「我想，我一個人一定撐不下去……」美木子低聲說道。

「一定可以的。妳已經可以獨當一面了。女人學會外遇時，就已經獨當一面了。」

這話雖然聽起來像是在挖苦，由於計作的聲音顯得很認眞，所以美木子認爲這是他出自內心的鼓勵。美木子抬起頭，舉起剪刀咔嚓一剪，似乎想要趕走剛才的軟弱。

隨著激揚的剪刀聲，共同生活了五年的男人的頭髮不斷從美木子的指尖滑落在地上。

到了春天，丈夫依舊沒有回來。

雖然美木子試著找過，卻遍尋不著這兩個人的下落。久而久之，客人也不再問起計作，或許他一輩子都不會回來了。不，即使是計作這樣的人，如果他眞的想分手，應該會寄離婚申請書過來。不，他可能哪天又晃回來了。當她在這兩種想法之間搖擺不定的同時，也漸漸習慣了計作剛離開時如燈乍滅般的寂寞，就在此時，計作以前上班的那家公司的經理夫人來店裡做頭髮。

「我之前就一直想找機會來看看……」接著又擺出一副介紹人的姿態問：「妳先生還好吧？」美木子撒謊敷衍過去了。正當她爲經理夫人那頭很有光澤，不像五十歲的人的頭髮吹整時，經理夫人突然若有所思地問：「妳先生爲什麼會辭掉工作？」仔細一問，才知道和經理吵架的事根本是子虛烏有，他突然提出辭職的前一天，還充滿自己背負著整個公司命運的幹勁。無論再怎麼詢問他辭職的理由，他總是露出慣有的不知是認眞還是開玩笑的表情，根本叫人無法猜透。美木子又撒了謊，矇騙過去，經理夫人離開之後，她一個人坐在那裡發呆。

美木子在下一個公休日的上午打電話給皆川，她說：「我有事找你商量。」皆川回答：「那我們去六本木吃午飯吧。」他說完又接著問：「什麼聲音？」下個星期有馬戲團要在這附近表演，兩三天前就有馬戲團團員著裝吹起熱鬧的吹奏樂在這一帶遊行。「馬戲團？眞讓人懷念。」

皆川在掛電話前輕聲說道。

皆川一在六本木的餐廳坐下就問：「妳老公還好嗎？」接著又說：「二月和他喝了酒之後，我成了他的粉絲了。」美木子一臉納悶地問皆川是怎麼回事，皆川一臉錯愕，意思是說妳不知道嗎？原來，二月初的時候計作突然打電話給他，兩個人在一家小餐廳喝了酒，聽他聊了許多趣聞。

「他唱的那首歌是不是叫〈船頭小調〉？就是『我是河岸的枯萎芒草，妳也是』的那首歌，他還邊唱邊跳呢。看著他跳舞，我更覺得他是個好人。」

一問日期，原來是計作剛離開家的時候。美木子得知計作並沒有告訴皆川他離開家的事，於是當皆川問她「妳找我有什麼事」時，她便回答「改天再談吧」。兩個人天南地北地聊了一陣子，吃完飯便各自離去了。

當時，她突然想起一件事。在走出日暮里車站的剪票口，慢慢走在商店街時，又聽到了馬戲團的喧鬧聲。她遠遠地聽著那些吵雜聲，突然傳來一聲大叫。

等她回過神時，發現附近的路人已經跑到了十字路口。「有人被車子撞了！」她聽到誇張的慘叫聲。美木子也跟著跑了過去。隔著人牆，她看到地上躺著一個人，身上穿著大圓點圖案的衣服。那個人應該已經五十幾歲了，三角帽下塗得雪白的臉上刻滿了皺紋，活像吃剩變乾的饅頭。每當他痛得擠出滿臉的皺紋來，美木子就覺得他好像是在笑。不知是否渾身無力的關係，無數個汽球突然從他的手上鬆脫，搖曳著長長的線，同時飛了起來，飄散在春天溫暖的天空裡。紅、黃、綠五彩繽紛的汽球，猶如飄散在春天天空中的無數肥皂泡。

美木子仰望著汽球，突然想到那天晚上謊稱外遇的或許不是自己而是計作。一月時，良子的確爲感情的事煩惱，而她的戀愛對象正是計作。但計作和良子發生關係或許是在那天晚上；那天晚上當她自己說出「和皆川外遇」，計作爲了替突然哭著說「我外遇了」的美木子掩飾，才編出那樣的謊言。就像當初相親時，他故意把咖啡噴在桌上以掩飾美木子的失態一樣，他假裝自己有更嚴重的外遇，藉此替美木子掩飾。當美木子打算放棄美容院時，計作說對自己的工作沒興趣，也是謊言。

不，計作並不是替美木子掩飾，而是藉由「我的外遇更過分」這樣的謊言來自我掩飾。或許那天晚上美木子說「我和皆川外遇」的謊言對計作造成了難以想像的傷害，他爲了隱藏自己的受傷，才披上小丑的外衣，編出那樣的謊言。他和良子一起逃走，自己在皆川面前手舞足蹈地唱起〈船頭小調〉，或許都是爲了隱藏自己的受傷而披上的小丑外衣。

不……

美木子搖了搖頭。她不想承認自己一句無聊的謊言，竟然傷害了這麼溫柔體貼的男人，而且傷得這麼深。他只是發自內心喜歡取悅人、喜歡搞笑而已。原以爲他是個讓妻子站上舞台，自己在背後默默支持的人，其實在這個街道的舞台上，集鎂光燈於一身的是扮演「美髮師的男人」這個搞笑角色的計作，她自己則在不知不覺中成爲襯托他的配角。他把商店街的所有人、美木子變成觀眾，自己努力扮演這個角色，當布幕落下時，又走向一個新的舞台。如果良子這名觀眾也感到厭倦時，有朝一日他或許會回到往日的舞台。果眞如此的話，自己就必須對他說「我無所謂啊」。

警車和救護車的警笛聲漸近，四周陷入一片嘈雜。

美木子走到人行道的角落，獨自遠離漩渦，再度抬頭仰望天空。

汽球已經遠去，變成了彩色的小泡泡。

每一個泡泡似乎都是曾經是自己丈夫的男人的臉，也是這五年來的每一天。

美木子朝空中用力伸手，像小孩子那般想著，如果能抓到這些泡泡該有多好。

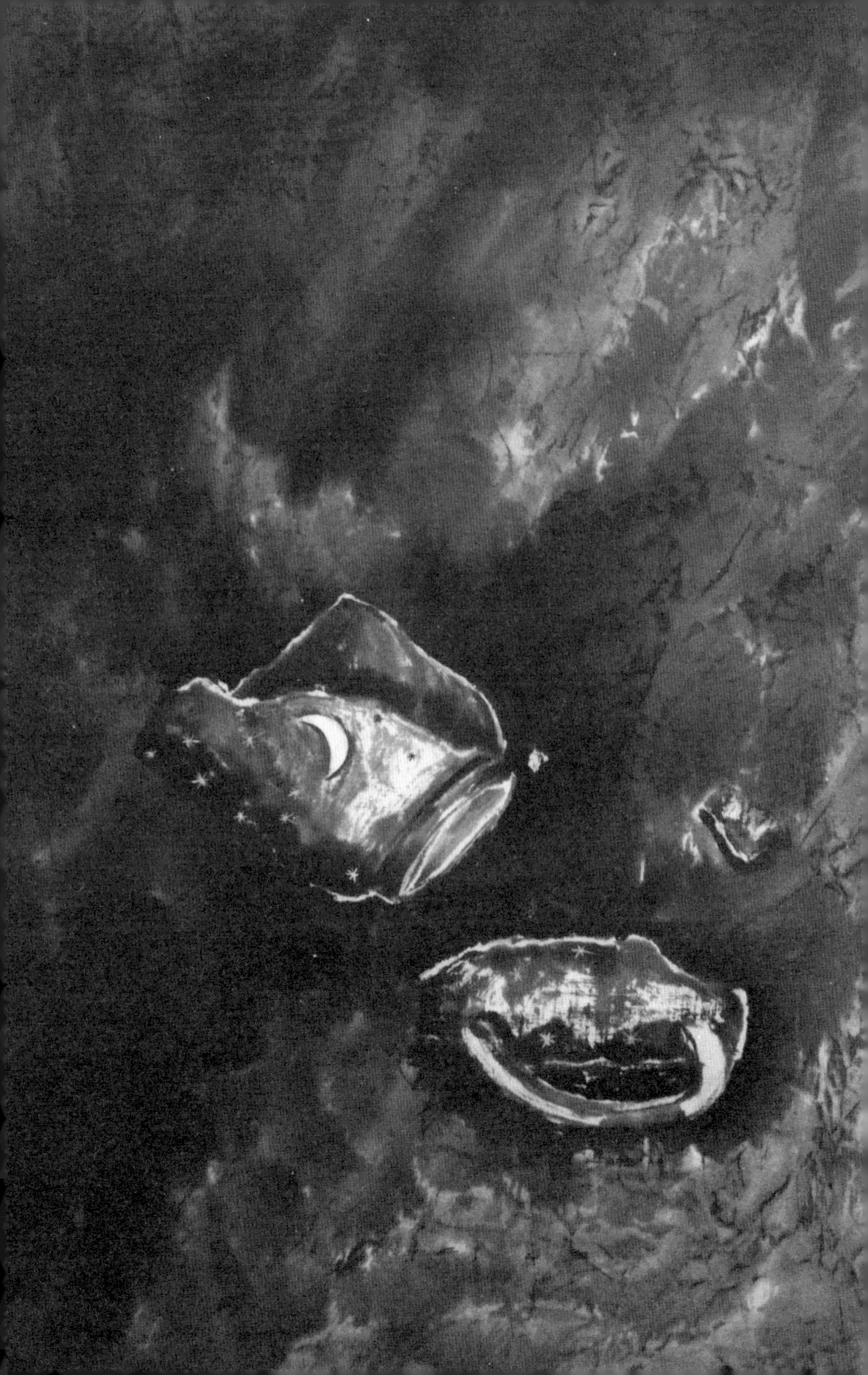

Chapter 4

我的舅舅

她是個笨蛋，既然要死，就應該大身說出來再死⋯⋯

即使結了婚、身為人母，

卻仍然無法忘懷以前那個騎腳踏車帶自己去海邊的哥哥、仍然還是個小孩，

就不必免強自己當大人。

1

「舅舅，你是不是愛過我媽？」

夕美子突然這麼問道。此時女服務生剛好端上咖啡，構治在意的不是突如其來說出這句話的夕美子，而是那個女服務生。他下意識地抬起眼睛看了那女服務生一眼。不知道她聽到這句話會作何感想。如果她認爲「舅舅」只是對中年男人的稱呼倒也罷了，如果以爲是親舅舅的話，一定會在這個年輕女服務生的腦海裡激起「舅舅愛母親」這類危險的聯想。

正確地說，構治是夕美子的舅公。他是十八年前生下夕美子之後四個月就死去的夕季子的舅舅，而死去的夕季子是他的外甥女，夕季子的女兒夕美子是他的外甥孫女。半個月前，當夕美子爲了考大學來到東京時，構治查了字典，這才知道舅公和外甥孫女這兩個名詞的關係。以親屬關係來說，親姊姊的獨生女夕季子是他的三等親，而夕季子的女兒夕美子則是四等親。

由於去世的外甥女稱呼只比自己大六歲的構治「哥哥」，再加上目前四十五歲仍然單身，以及從事攝影師這個時髦行業的關係，構治看起來不到四十歲。夕美子也就很自然地喊他「舅舅」了。

女服務生扳著一張臉，重重地放下咖啡便轉身離開，看來構治多慮了。夕美子看著她離去的背影，這可能是她覺得自己在不久的將來也會成爲服務生的關係吧。她住在構治位於荻窪的歐式公寓，報考了兩所大學。今天上午，第二所大學也放榜了，她依舊榜上無名。既然沒有考上學校，就必須在外婆——也就是構治那位今年已經六十歲的姊姊——於下關老家經營的咖啡店幫忙。夕美子和外婆，以及入贅香川家的父親，三個人一起住在下關。

「當服務生也不錯。這是妳外婆的心願，妳父親也反對妳來東京。況且，考完試的那天晚上起，妳就整天在外面玩，有時候甚至比我還晚回家，可見妳來東京並不是爲了考試。妳說是去找高中網球社團的前輩，眞的嗎？」

「眞的是我前輩。」

「那這個前輩一定是男生。」

構治總算避開了自己愛死去的夕季子這個棘手的話題，不禁鬆了一口氣。卻似乎碰觸了夕美子的禁忌，她輕輕挑了挑右眉。

「先不談這個，舅舅，你眞的愛我媽嗎？」

她似乎豁出去了。雖然母女倆還不至於像一個模子印出來的，但她的兩道細眉和白皙的皮膚，讓構治突然想起了夕季子。田原構治是當紅的攝影師，足跡遍及北歐和南美，說得誇張點，是活躍在地球村的大忙人，也因此許久未回故鄉下關。夕季子死後，姊姊因爲失去獨生女兒的寂寞，每年都帶著她遺留下來的夕美子到東京找構治或其他遠親，所以構治也算是看著夕美子長大的。隨著漸漸接近母親生下女兒時的年齡，夕美子也和母親長得越來越像了。但像母親好嗎？夕季子死後，構治覺得她的細眉和白皙，似乎意味著生命的脆弱與蒼白。他不希望夕美子有著母親二十一歲的年紀就離開人世的悲慘命運。

「妳爲什麼這麼問？」

連妳外婆和爸爸都不知道這件事。他把差一點就脫口而出的這句話吞回去時，夕美子指了指構治放在桌上的照相機。

「家裡有我媽的照片，我覺得很漂亮，都是舅舅幫她拍的，尤其是她去世前不久，在東京拍的，抱著嬰兒時的我的那五張照片……」

「扮鬼臉的嗎？」

在那五張照片裡，夕季子對著鏡頭扮鬼臉，看起來既不像初爲人母的女人，也不像兩個月後即將面臨死神的召喚。夕美子的雙眼露出令人難以理解的笑，構治以爲夕美子發現他家裡書架上的島崎藤村詩集中也有相同的照片，但這種擔心似乎是多餘的。

「我知道舅舅是用怎樣的眼神看著鏡頭。我媽的眼神也很熾烈。我媽應該也愛舅舅吧？她眞的好漂亮。」

「我是靠這個吃飯的，當然可以把每個人都拍得很漂亮。妳整天想這些無聊的事，難怪考不上大學。」

夕美子剛高中畢業，儘管外表是個成人，畢竟還是孩子，但如果她能從那幾張幫夕季子拍攝的照片裡察覺到構治當時的心情，那表示她看人的眼光已經夠成熟了。聽到構治在驚訝的同時說了這句模糊焦點的話，夕美子說：「不要整天說我考不上、考不上的。我也很痛苦耶！」接著她低垂著眼睛，小聲地繼續說：「況且，我失敗的並不只有考試而已……」然後落寞地低下了頭。看來她和網球社前輩之間的確有什麼事。構治正猶豫著要怎麼告訴她，如果遇到麻煩可以隨時找我商量。夕美子看了一眼手表，拿起行李站了起來。她要搭四點的新幹線回下關。

構治必須直接去工作，他在咖啡店外攔了一輛計程車，送夕美子上車。在她上車前，對她說了聲「向外婆問好」，夕美子點了點頭問：「那我爸呢？」然後移開視線，卻又不時窺看構治的反應。「當然也要向妳爸問候囉。」構治若無其事地回答，但在計程車遠去後，仍然忘不了夕美子那雙眼睛。

夕美子的父親是入贅女婿，在下關站前大道經營小小的水電行。構治的姊夫在戰後不久便罹患肺炎去世，之後他姊姊開了一家咖啡店，三十多年後終於擴大營業，原本想請入贅女婿幫忙，他卻說不適合這種熱鬧的生意，幾乎不踏進店裡一步。身爲夕季子的丈夫，才結婚一年兩個月就死了太太，夕季子對構治來說是個重要的人。正因爲重要，構治才勉強自己無視於他的存在，也才至今仍幾乎避開了所有的交往，但沒想到連這種事都被夕美子看穿了。

不過是個十八歲的女孩，和當年的夕季子一樣，正是尋求危險刺激的年紀。因爲是女人，不會騎著機車到處亂飆，卻如此肆無忌憚地試圖跨越大人世界的界線。想到這裡，構治終於將夕美子那一剎那的眼神拋諸腦後，或許是無法完全拋開的緣故，那一晚，他做了奇怪的夢。

夢裡構治回到了十八歲，穿著制服，獨自坐在寬敞的禮堂內參加考試。考試題目是把「yukiko」用漢字表示，但他不知道到底是夕美子還是夕季子，冒著冷汗，把這兩個漢字寫了又擦，擦了又寫。

他冒著一身冷汗醒了。窗外仍是二月底的暗夜，全然不見黎明的到來，他睡不著，倒了點酒喝，不經意地伸手拿下書架角落的藤村詩集。手指很自然地翻到了夾著照片的那一頁，就是夕美子白天提到的那五張照片。照片裡是去世前兩個月的夕季子時而揚起眉毛、時而眨著一隻眼睛、一會兒噘著嘴、一會兒歪著頭，做出完全不像是抱著嬰兒的女人的調皮表情。他之所以擔心被夕美子看到，並不光是因爲照片本身，而是照片夾在藤村詩集的〈高樓〉那一頁。

即使是在死別了十八年後的今天，「難以忍受的離別」這句話，仍是構治難以忘懷、難以割捨的心情寫照。這首詩描寫的是兩個女人的分離，但夕美子絕對可以識破構治是藉由這首詩文懷念和誰的離別。

其實，早在夕季子去世之前，他們就已經藉由結婚的方式離別了。不，當夕季子投胎到姊姊的肚子時，兩個人就已經在舅舅和外甥女這樣的關係中離別了。雖然兩人之間不曾有違背倫常的行爲，但在構治的心境上，即使受到夕美子一副大人姿態的指摘，也是無可厚非的事。

妳那明亮的眼
妳那紅紅的唇
妳那烏黑的髮
離別後，何日再相見

夕季子婚後仍然顯得年輕，而她那如詩中所描寫的眼和唇的顏色，如今都成了深棕色，當時構治那份青澀的感傷，也褪成了深棕色。然而，即使褪了色，也仍然深深留在他的心中。構治做的是和女人打交道的工作，再加上他剛中帶柔的風情，這十八年來曾和許多女人發生過關係；一個接一個，這樣斷斷續續地持續男女關係。每結束一段情，他疲憊的手總會不經意地伸向藤村的詩集，回味當時的感傷，試圖從中尋求休止符。他也知道，如果不忘了夕季子，便很對不起夕季子的丈夫。其實，在夕季子去世不久，他便將其他更能襯托她的美的照片全部丟掉，只讓影像深印在腦海裡，唯獨這五張照片他始終捨不得丟，一直保留至今。

照片上的夕季子判若兩人的調皮表情，以及放在書架的最角落，是構治對這十八年來的留戀的唯一辯解。

夕美子臨走之前說，回到家會立刻寫信來道謝，但杳無音訊地過了三個月；構治整日忙於工作，月曆上的時序已經進入初夏。這期間構治接到了姊姊打來的一通電話，她說「夕美子對服務生的工作非常樂在其中」。夕季子死後，她在辛苦養育外孫女的同時也擴大咖啡店的營業，如果可以的話，她當然希望夕美子繼承這家店，以免落入外人之手。姊姊的聲音顯得很高興，原以爲一切都很順利，然而就在五月底的某個夜晚，他突然接到夕美子的電話，她說「前天就來東京了」。

「但是你不要告訴外婆，我只說是和朋友一起去伊豆旅行。」

在她微醺的聲音背後傳來酒吧般嘈雜的聲音。她身邊有人，好像是在一起喝酒。當構治問她：「妳現在人在哪裡?這兩天到底在哪裡、在做什麼?」她也不理會，只是當聽到構治說「不能喝酒」時，她不服氣地說：「我已經是大人了，我用自己賺的錢喝酒，你別對我說教。」然後又出其不意地說：「舅舅和我媽曾經彼此熱戀，對不對?」之後又問了他的血型，她說：「果然是AB型。雖然外表冷漠，但有夢想，內心熱情如火。AB型的人是雙面人，舅舅的另一張臉，到今天絕對還愛著我媽。我一眼就看出來了。」夕美子帶著酒氣的聲音異常響亮。

構治熬夜趕完工作，好不容易睡著，卻聽到他最不想聽到的這番話，雖然心裡確實有點火大，但也因爲有些擔心，還是敷衍了幾句才掛上電話，接著再度倒頭大睡。清晨六點左右，又被夕美子的電話鈴聲吵醒，她一本正經地說：「剛才的事，眞對不起。」她說她正在東京車站的月臺，準備搭第一班新幹線回下關，不用爲她擔心，同時又再三交待，絕對不能告訴外婆，隨即在列車發車的鈴聲中掛上電話。

她二月來東京時果然和那個學長發生了什麼事，這次一定是偷偷跑來見那個男生。

雖然夕美子要求保密，他還是有點不放心，原本打算打通電話給姊姊，稍微暗示一下，但是工作一忙也就把這事耽擱了，半個月就這麼過去了。當他從關島完成拍攝工作回來的兩天後，接到了姊姊的電話。

「你怎麼這麼晚回來，我打了好幾次電話。」

姊姊的口氣很不好，可以感受到她的怒氣。

「從春天開始，我就覺得夕美子不對勁，今天一問才知道她果然懷孕了，已經四個半月了。這到底是怎麼回事？我是知道你和那些模特兒之間不太規矩。」

他剛參加派對回來，體內還殘留著酒精。姊姊的話他根本沒聽進去，只是茫然地把聽筒壓在耳朵上而已。

「她說肚子裡的孩子是你的！」

這句話像一根楔子重重地敲進他醉醺醺的腦袋裡。

2

「我已經是大人了」，這是夕季子那一陣子的口頭禪。

「夕季子想去東京玩一個星期。可不可以住你那裡？」二十年前的初秋，姊姊郁代打電話來，她當時所說的話，與這次夕美子來東京參加大學考試時她所說的話很像。

當時夕季子比現在的夕美子大一歲，剛好十九歲，就讀於下關剛成立不久的短期大學。除了畢業旅行，她不曾去過東京，明年春天她就要從短期大學畢業了，以後恐怕沒時間可以像現在這樣悠閒地旅行。她在九月底剛考完試，學校正好放假。構治來到東京車站，看到穿著磚紅色針織衫、披著一頭齊肩波浪長髮對他微笑的女孩時，一時還認不出她來，直到她叫了一聲「哥哥」，他才終於認出來。

構治是看著夕季子出生的。他們只差六歲，感覺像是兄妹，小時候經常玩在一起。尤其是姊姊的丈夫病故、開了咖啡店後，便由構治負責照顧剛上小學的夕季子。夕季子一放學就直接到構治家，還來不及脫下鞋子就在玄關大聲叫著「哥哥、哥哥」。

當時構治的雙親還健在，夕季子卻很少向外公、外婆撒嬌，總是纏著「哥哥」。姊姊曾經半開玩笑地說：「我根本沒辦法再婚。我問她想要怎樣的爸爸，夕季子竟然說，如果是哥哥就沒關係。」只要構治晚回家，她就會到國中的校門口等他，嬌小的身影躲在暮色中的正門旁，戰戰兢兢地朝裡面張望。他經常騎腳踏車載著嬌小的她去海邊，在海灘或漁港玩耍。有一次構治不小心把腳踏車從防波堤滾落到岩石區，夕季子擦破了腳，但一聽到構治說「不許哭。如果妳哭，妳媽會罵我」，她便拚命張大眼睛，嘴抿成一條線，好不容易才忍住哭，但是眼淚不斷滑落臉龐。當時本州南端的城鎮還有戰後餘波。

構治高中畢業後，到東京上大學之前，兩個人的關係始終不曾改變。構治離鄉背井的前一天晚上，姊姊在自己的店裡爲他開了一個小型派對。當時，已經是國中生的夕季子送他一個咖啡杯，當做臨別贈禮。當構治抵達東京車站，從網架拿下行李時，不小心摔破了咖啡杯。那個充滿少女情懷的杯子上，一輪彎月旁有著滿天的星星，圖案充滿了夢想。但裂成兩半的夢想連三秒膠和強力膠都派不上用場，彷彿預示了兩人親如兄妹的關係被東京和下關之間的距離阻斷了。雖然構治每次在中元節或過年時都打算回家，但一方面因爲對攝影產生興趣，除了大學之外，還上專攻攝影的專科學校，而當技術比較嫻熟後，又開始打工，幾乎沒有什麼閒暇的時間。

他的分身乏術並不完全是因爲攝影。東京有著構治以前所不知道的世界。當他打工賺了點錢，便整天泡在新宿的酒店街和酒店小姐混在一起。或許是他雙面人的血型性格確有其事吧，他變成了在燈紅酒綠中如魚得水的男人，與在本州南端明媚陽光下的他判若兩人。他曾經和兩名女人同居，只不過都非常短暫。儘管他還不至於放蕩，但是只要有錢便立刻花得精光。在有點像混流氓的生活，下關和夕季子都離他太遙遠了，根本無暇想起。直到夕季子來找他之前，他們甚至不曾打電話。

七年不見的夕季子的確有很大的改變。她的個頭已經長到構治眼睛的高度。她皮膚原就白皙，但在以前像白磁般生硬的白中增添了幾分柔和。微笑時，顯得信心十足的雙眼，以及撥弄頭髮的手指，都已是如假包換的女人了，只是她看起來依然稚嫩。當時，在構治位於荻窪小巷的小公寓裡，他們幾乎每晚聊至深夜，構治常常驚訝於她的談吐成熟，但也不時感受到她的稚嫩。

她那個年紀就像汽球一般，在少女和女人之間擺盪不定。她自己也說「既覺得像十五歲，又覺得像二十五歲，好像並不存在於十九歲這個年齡」，想要割斷連接實際年齡的那條線，飄向任何一方的空中，但又猶豫不決。那個年紀是男人一看了就會緊抓在手裡不放。也因爲她年輕，看起來似乎也樂在其中。

當時構治已經是幫某著名攝影師揹相機的助理，微薄的薪水全花在喝酒和酒店小姐身上，生活經常處於拮据。他讓夕季子獨自去東京四處觀光，又覺得她太可憐，於是帶她去一些可以賒帳的酒店，或拜託那位名攝影師帶她參加飯店的派對，也介紹她幾個因爲工作上的關係而認識的男演員和藝人，都是一些不需要花錢的活動。

或許是遺傳，夕季子的酒量也很好。當構治看到她在介紹她認識的名人的鼓譟下一杯接一杯地喝而提醒她時，她就逞強地說「我已經是大人了」。她越是裝大人就越顯得幼稚。在表現出少女的模樣時，可以感受到她的成熟；而在她想要裝大人時，卻反而曝露出其幼稚，實在是難以捉摸的年齡。

在四處玩耍之餘，夕季子將構治亂成一團的房間打掃得一乾二淨。一星期後，連壁櫥的角落也在事隔七年後變乾淨了，而夕季子也離開了。

送她到東京車站時，他們在月臺等了五分鐘。夕季子明年春天畢業後，打算在母親的咖啡店幫忙。夕季子說三月一整個月都沒什麼事，到時候會再到東京來。於是構治問她：「我介紹妳認識了這麼多人，是不是很好玩？」她卻說：「還有一個人沒介紹。」

「誰？」夕季子吐出舌頭扮鬼臉，指著構治的臉。

「妳小時候不就已經認識我了。」

「但是你變了很多，已經完全不一樣了。」

她似乎從介紹她認識的朋友的談話中，對構治目前的生活略知一二。

「以前你連班上的女生都不敢說話。」

「有什麼辦法，我太有女人緣了。」

「才不是呢。那些女人是逢場作戲，只要是客人，對誰都會說喜歡。這個世界上沒有人會喜歡你。你身無分文，又是個酒鬼，沒有夢想，起床後臉也不洗就吃起昨天剩下的麵包。一般女人不可能喜歡這種人。」

「那妳也討厭我囉！」

「……我不是一般女人。」

構治意識到原本的一句玩笑話變成了燙手山芋，於是皺著臉抬頭仰望天空，一副早晨的陽光太刺眼的模樣。其實眞正刺眼的是夕季子的那雙眼睛。在她扮鬼臉裝幼稚的臉上，有著一雙成熟女人的眼睛，這雙眼睛讓構治意識到夕季子已經不把他當「哥哥」看，而是一個男人。「妳不是一般女人，而是一般小孩吧？」構治敷衍著，夕季子又說：「我已經是大人了。」

翌年二月，頭髮上綁著黃絲帶、身穿素雅灰色洋裝的夕季子再度出現在相同的月臺。絲帶的明亮色彩和衣服的深暗色很不協調，但是這樣的不協調也反映在夕季子的年齡與容貌上。回想起來，如果說十九年前兩人曾經有過外甥孫女所說的愛的回憶，那就是發生在冬天即將結束，春天馬上就要開始，像季節的間奏曲般的那一個月。在這一個月裡，他們並沒有像一般動人那樣相親相愛地生活，至少表面上仍是「像兄妹般的舅舅和外甥女的關係」。

當時構治仍然既沒空也沒錢，他撥了幾通電話給去年秋天夕季子來東京時對她一見傾心的朋友，請他們邀她出去走走。夕季子大約被邀三次才會出去一次。她清晨起床後就忙著洗衣服，整理才半年就又亂成一團的房間。到了晚上，她在構治回家之前，從書架上拿出構治推薦的書閱讀，或是看著已經快罷工而影像也不夠清晰的電視度過。或說一些無聊的笑話給構治聽，自己則放聲大笑。兩年後，夕季子死的時候，構治只能回憶起夕季子在那一個月裡發自內心的歡笑聲，但每次構治跟著她一起笑時，總覺得心裡有一些東西讓他無法放聲大笑。

構治每天早出晚歸，並不光是沒時間、沒錢而已。每當建議她「既然來東京就多出去走走」時，夕季子便回答：「我不是來東京，是來這個房間，你不用管我。」這總會叫他不知如何回答。夕季子把他的襯衫當成睡衣穿在身上從浴室走出來時，他看到她洗好的頭髮把衣服肩膀都滴濕了，更不知道眼睛該往哪裡擺；每天早晨看到夕季子晾在窗檯上的內衣時，他的眼睛也不知道該往哪裡看。「妳不要晾在那裡啦，鄰居還以爲我們在同居呢！」但是她完全不理會構治的話，第二天早晨，甚至故意把自己和構治的內衣晾在一起。舅舅的眼中摻雜了男人的眼神；當以男人的眼光看她時，舅舅的身分便又出現了，訓誡他自己不能露出這種眼神。構治看夕季子的眼神也和這個季節一樣不乾不脆。

爲了讓心中搖擺不定的天秤得以保持平衡，在夕季子來東京的第一個星期，他實在是很累，幸好在她愉快的笑聲中，一個月轉眼就接近了尾聲。

「妳該去買火車票了。」構治在三月底的時候對她這麼說。構治在工作中不慎將攝影師的相機摔到地上，摔破了鏡頭，更嚴重的是，攝影師怒斥他「明天不用來了」，把他趕了出去。那天晚上他去酒店喝酒，再怎麼喝都無法驅走內心的不快，只好回公寓。他推開家門，努力不讓醉態以外的東西流露在臉上，當他發現夕季子比平時更興奮時，忍不住不悅地說：「妳別整天傻笑，可不可以認眞一點？」他心想慘了，抬頭一看，夕季子臉上已經沒了笑容。「那好，我要認眞說了，請你認眞聽。我不想回下關，我要一輩子和哥哥在一起……」夕季子用生氣般的銳利眼神看著構治的眼睛說道。「白痴啊！」構治開玩笑地敲了敲夕季子的頭說：「一輩子！這麼誇張的話，哪是認眞？」說完便和著身上的衣服用被子蒙住頭。

翌日上午，夕季子搖醒他：「剛才攝影師打電話來，說你犯了嚴重的錯。」她接著又說：「攝影師說，已經找到新人，你不用再去了。」太陽已經爬到了半空，陽光很刺眼。「誰鳥他，反正我早就想辭職不幹了。」他又鑽進被子，夕季子用力拉開被子：「既然不用上班，我們去哪裡旅行吧。反正我也快回去了。」

「我身上只有一萬，妳有錢嗎？」

「我只剩回程的車錢。」

你還眞窮，照這樣下去，哪有女人願意陪你一輩子……她皺著眉頭這麼說，但立刻誇張地拍了一下手。

「那我們去賽馬場吧。你不是常去嗎？我看到你櫃子裡有許多沒押中的馬票……」

她說完，不等構治回答，便連同墊被將他推了起來。

「好，起來了，起來了！外公常說，有失必有得。要把一萬變成一百萬，然後去旅行。」

人走楣運便諸事不順。他們向管理員借腳踏車，騎了將近一個小時才來到府中的賽馬場，或許不應該貪心買賠率高的馬票，在最後的比賽前，一萬圓就統統泡湯了。由於夕季子是第一次看賽馬，再加上許多身穿工作服的工人的狂熱氣氛也令她樂在其中，雖然她嘆著氣說了聲「又輸啦」，仍興奮得又跳又叫，想抓住被拋在春天耀眼陽光下飛舞的馬票。

回家的路上，他覺得坐在行李架上的夕季子比去時更重。傍晚涼風吹拂，明天就要過著身無分文的生活。他騎了三十分鐘之後，終於累垮了。

「休息一下吧。」他才這麼說，夕季子便說「騎快點」，然後將臉貼在構治的背上不知又說了什麼，她的話被風吹散了。

「妳說什麼?」

「去撞那輛大貨車，一起死吧!」

夕季子對著他的耳畔說道。

「別傻了!」

「哥哥，你只有死路一條。沒有夢想，也沒有錢，又沒有女人緣，根本是倒楣到家了。我小時候，你曾經照顧過我，所以我可以陪你一起死。」

不知道她想壓過風聲的這聲喊叫是不是玩笑話。城市正迎接暮色，迎面的天邊，夕陽籠罩著城市的塵埃，漸漸西沉。風更冷了，口袋空了，心也空了。在大貨車車燈的照射下，構治想起他們小時候也曾這樣一起騎著腳踏車，有那麼一剎那，眞的只有一剎那，他覺得就這樣和夕季子死在一塊也沒什麼不好。但也在這一刻，他煞了車。

「笨蛋。如果把腳踏車撞壞了，明天管理員的兒子就沒辦法上學了。」

正當構治轉頭說這句話看到夕季子吐著舌頭笑時，發現在大貨車前面的警車停在離他們後面十公尺的地方。

很適合穿警察制服、一臉嚴肅的巡查狠狠地數落了他們一番。當他們走完剩下的六公里路回到家時，天色已經暗了。

夕季子說自己還剩一點點錢，於是去買煮晚餐的東西，然後笑著說：「幸虧你被炒魷魚，我才可以和你一起度過最後的一天。」正當他們準備吃晚餐時，傳來敲門聲。

構治打開門一看，原來是去年曾經交往一段時間的酒店小姐。她一張濃妝的臉露出笑容：「你好久沒來店裡了。是不是小夕來了？我前天聽宮本說的……」她提到了構治死黨的名字。夕季子去年曾被帶去這個女人上班的酒店。夕季子似乎還記得她那張探頭張望的臉，她以愉悅的聲音邀請她：「請進來吧，要不要一起吃飯？」構治認爲自己早就和這個女人分手了，然而女人似乎不這麼認爲，但是構治還是讓女人進了屋子。因爲，他覺得應該讓夕季子見識一下自己的眞實生活。構治並不是笨蛋，還不至於聽不出來夕季子那句「一起死吧」的玩笑話背後有著怎樣的心情。雖然她嘴巴上把構治說得一文不值，但對這個既沒有錢又沒有未來的男人，仍然有著孩提時代對那個「哥哥」所抱持的夢想。必須讓她面對現實，打破她的夢想。

在吃完大部分的東西直到女人離開的這兩個小時裡，夕季子始終笑容可掬。她即使聽到女人說「夕季子，妳要小心喔，大家都說構治的『構』，意思就是只要是女人，不管媽媽也好，妹妹也罷，他都要構陷，絕不放過」的低級話，或是構治說「我被開除了，妳養我吧」的玩笑話時，她也笑著磕頭說：「眞的，請妳讓我哥哥當妳的小白臉吧。我這個做妹妹的也跟妳拜託了。」之後又對女人說：「妳教我化妝吧。」便向女人借化妝品，請她幫自己畫上眼線。當構治送女人出去，順道買了菸回來，問她「怎麼樣，我是不是很有女人緣」時，她突然不悅地瞪著他。

「趕快把妝卸掉。」

「爲什麼?你不是喜歡濃妝豔抹的女人?」

她好像是故意挑釁。

「有的女人適合化妝，有的女人不適合。趕快擦掉。」

夕季子搖搖頭，喝著杯中的酒。

「別喝了，妳已經醉了。」

「不用你管，我已經是大人了。」

她吐著氣，說了這句口頭禪。

「剛才的女人眞可憐……她不知道你討厭她，還一副很得意的樣子。」

「我喜歡她啊。我很認眞地考慮要和她結婚。」

「……大人就是愛說謊嗎？」

她說完便調皮地用手指抹去嘴唇上的口紅，在構治的臉頰上畫了一個唇形。

儘管不是因爲夕季子說的話和那個性作，但在那一剎那，構治突然覺得有一股無名火，他從裡面房間拿出毛巾和小鏡子，重重地放在夕季子面前。

夕季子似乎也知道構治在生氣，她默默地拿起毛巾開始擦臉，但又立刻停住手。鏡中的夕季子流下了沾染睫毛膏的黑色淚珠。「我喜歡哥哥……」夕季子說道，彷彿在爲自己的眼淚解釋。構治見她突然流淚，有點不知所措，好不容易才故作輕鬆地說：「我當然知道妳不討厭我。」但夕季子聽到這句話，淚水便決堤了。

「我說的喜歡是女人愛男人的那種喜歡。」

「只不過一起住了一個月，不要輕易說什麼愛不愛的。」

夕季子聽構治這麼說，便一口氣說道：

「戀愛如果是要以天數來計算的話，我當然贏過那個女人。打從我出生到國中爲止，哥哥你一直陪在我身邊。哥哥，你也喜歡我。我很清楚你是怎麼看我的，也知道你是如何拚命在掩飾。但是爲什麼要掩飾？舅舅和外甥女的血緣關係很疏淡，況且感情的事也不是法律能規範的。只要哥哥你願意，我們可以離開這裡，明天就可以開始一起生活。我離開下關就已經有這個打算了，不管是媽媽或是其他事，我都可以拋棄。我要一輩子和你在一起。」

「別說傻話了。就算可以鑽法律漏洞，但還是得在意世人的眼光，而且也不能生孩子……這種關係能維持多久？」

「幹麼在意世人的眼光，我只在意你。哥哥，你大概不知道吧，當你看其他女人時，我有多受傷。不，你根本就知道，只是假裝不知道。太卑鄙了。」

「既然我是卑鄙的男人，幹麼還說喜歡我。」

夕季子始終低著頭，好像在對著膝蓋上的鏡子說話似的，這時才抬起頭來。她緊閉雙唇，好像之前不曾說過任何話一樣。構治看著眼睛沾染黑色睫毛膏流著淚的夕季子，不禁想起她小時候聽到自己說「不許哭」時，拚命忍住哭，只有眼淚直流的樣子。構治不禁陷入沉思。

「構治的『構』，也可以構陷我啊……」

構治沒有馬上明白夕季子在喃喃自語什麼。

「今天晚上也很漂亮，所以也 OK 啊……」

「什麼？」

「不光是今天晚上，第一天晚上就 OK 了。」

「什麼 OK？」

「今天晚上的內衣也很漂亮……」

這些話和鮮紅的口紅很不搭調，帶著稚氣的嘴唇顯得有點落寞。

「哥哥，你知道我為什麼每天早上洗內衣嗎？」

最後一句話，她說得很大聲，但仍然像在自言自語，不等構治回答，她便趴在桌上全身顫動地哭了起來。

構治已經無法若無其事地說「不要哭」這種幼稚的話，只能茫然看著殘留醬汁的餐盤，聽著打破寂靜夜晚的哭聲。

二十歲後，構治的確和不同的女人交往，但只有一個女人讓他覺得可以結婚、共度一輩子，那正是眼前趴在桌上哭泣、只憑想像理解愛這個字眼、一旦說出了口就突然陷入茫然、並像小女孩因為害怕而哭泣的十九歲女孩。

他無法對她說出「結婚」或「一輩子」之類的話，並不光是因為法律或世人的眼光，而是構治還不至於幼稚到相信「一輩子」這種話。小時候完全不曾感受到的年齡差距，如今卻成了巨大的鴻溝，變成了在東京生活了幾年而變得圓滑的男人和幼稚的哭泣聲之間的隔閡。

過了許久，夕季子不知道什麼時候哭累睡著了，房裡一片靜寂。構治不禁拿下架子上的鬧鐘，調撥鬧鈴。他把調響的鬧鈴放在夕季子的耳邊，夕季子嚇了一跳地抬起頭來，猶如從夢中驚醒，納悶地看著構治，好像他不應該出現在這裡似的。構治終於開口了。

「妳不是常說自己是大人嗎？大人並不是愛說謊，而是知道該說什麼謊。不，就算是實話，只要是不能說的就絕口不提，即使不小心說溜了嘴，也要笑著說，剛才是開玩笑的。不要光只會喝酒，這一點也必須做到。」

夕季子似乎還睡眼朦朧，無法看清構治的臉，但她終於用力點了點頭說：「騎車載人是大人該做的事嗎？你應該很清楚吧。」她學傍晚巡查說的話和口氣，接著又說：「我好想在這個房間做一件事。」然後從毛線包包裡拿出沒有押中的馬票丟向天花板，之後便衝進浴室，過了好一會兒，隨著嘩嘩的水聲傳來她開朗的聲音：「哥哥，你先睡吧。我的臉好可怕，我泡完澡再睡。」

構治蓋上被子，久久無法入睡。在黑暗中，他聽著浴室裡的水聲、走出浴室的腳步聲，以及關上拉門的聲音，最後在淅瀝的雨聲中進入夢鄉。當換上外出服的夕季子搖醒構治說「我要搭第一班車回去，你送我出去」時，天還沒亮。不斷飄落的雨使得天色比往常更昏暗，兩人撐著有一根傘骨已經折斷的傘，有所顧忌地縮著肩膀擠在傘下。

在快到車站的最後一個街角，夕季子說：「這裡就好了。」構治將傘塞到她手上，要她帶著。她搖著頭把傘推了過來，她說：「昨晚我喝醉了，說了些莫名其妙的話，那些都不是真的……我在一月的時候滿二十歲。我急著要揮別青春，才和你開那種玩笑。」她輕輕地笑了笑。構治點點頭，接著她又說了更出人意料的話：「我已經有喜歡的人了，最好的證明就是我們馬上要結婚了……」她說對方是常到她母親店裡的水電行店員，去年夏天開始交往，一月的時候，對方正式向她求婚，她當時回答「等我畢業吧」。

「眞的，我媽還不知道，但我回去之後會立刻告訴我媽。昨晚的事全是開玩笑的，而且我昨天還說了一個謊……今天，你要記得去上班。那個攝影師在電話裡說，別因爲這些小事就垂頭喪氣，他放你一天假，明天要來上班。對不起。謝謝你這個月的照顧。」

她彬彬有禮地道了謝，之後便衝出雨傘，一轉眼就轉過街角，不見了蹤影。構治對她提到的「結婚」這兩個字還來不及反應，她就告別了，只留下淅瀝的雨聲。

當櫻花綻放，又隨著雨水花謝的時候，姊姊打來電話，說是同意了夕季子的婚事。「雖然不是什麼了不起的男人，但個性很溫和，也願意入贅。他要留在水電行工作，可以讓夕季子繼續在店裡幫忙……」對方是個二十三歲的年輕人，叫松岡布美雄，小構治三歲。

「他們整天黏在一起，我就覺得不對勁。」當構治還無法接受姊姊這番話的三個月後，在迎接盛夏的季節，他收到了喜帖。印在一起的兩個名字，表示一切已成定局。三月底的那個晚上，一切眞的只是開玩笑的吧！即使有少許的眞心，也只是因爲她在對戀愛充滿憧憬的年紀就決定結婚，內心覺得有點寂寞，才藉由身邊的男人，想要試試一生只有一次的戀愛遊戲。構治如此告訴自己，這才決定參加婚禮。

婚禮在下關的飯店舉行，當客人紛紛走進婚宴會場時，構治才和夕季子四目交接。純白的婚紗襯托出她過度白皙的肌膚，帶著些許惆悵的夕季子羞澀地聳了聳肩，輕聲地笑了笑。

新郎松岡布美雄，不，如今入贅香川家，已經改名為香川布美雄的男人個子矮小，看起來十分瘦弱，老實的長相和燕尾服的領結很不相稱。雖然覺得夕季子二十歲的美麗即將被這種男人獨占有點可惜，但致詞時聽到「新郎喜歡攝影」，或許夕季子正是迷上了他愛好攝影的這一點。

當構治這麼想時，或許是因為昨晚搭夜車一夜沒闔眼的關係，醉意突然襲來。他離開座位去廁所，剛好遇到新郎新娘換好衣服從休息室走出來。「這是我舅舅。」夕季子如此介紹。「恭喜。」構治面帶笑容地伸出手。當時他的確是打算要握手的，但等他回過神時，發現原本伸出去的手卻一拳打著了新郎像魚骨頭般脆弱的下巴。

在還沒意識到新郎的身體是否晃動之前，構治已經醉倒在地了。之後的事他完全不知道，醒來時發現自己穿著禮服躺在飯店的房間裡。他逃也似地離開飯店，回到了東京。

原以為姊姊會打電話來發脾氣，但兩天後的晚上，夕季子從蜜月旅行的宮崎打電話來。她說是在飯店房間打的，她的新婚男人去找櫃檯商量明天要上哪玩，所以沒關係。

「他很生氣吧。」

「他脾氣很好，不會有問題的。只是笑著說，你可能喝醉了。我倒是有點生氣。」

「不好意思。」

「……但是也有點高興。」

「妳忘了我吧！別再打電話給我了。」

「你太臭美了。哥哥，我真的只是把你當成像哥哥般的舅舅。還有，允許我對你忠告一句，如果你想和女人分手，絕對不能說什麼把我忘了吧。女人聽到這種話，一輩子都忘不了的。」

「那就一輩子別忘了我……」

兩人突然陷入沉默，夕季子用幾乎聽不到的聲音小聲地「嗯」了一聲，構治正猶豫該如何厚著臉皮說出「妳要幸福喔」這種稀鬆平常的話，電話便掛斷了。

從此之後，在她短暫的一年又兩個月的婚姻生活裡，直到發生那起車禍，構治只和夕季子見過一面。

那是在她去世前兩個月的事。夕季子突然打電話拜託：「我缺三十萬。如果你可以借我，我搭晚班的電車過去，請你拿到東京車站來。」構治回答：「知道了。」

夕季子婚後三個月的秋天，構治參賽的照片得到一個國際獎項，他也利用這個機會自立，如今已經有自己的工作室。雖然還不至於功成名就到連下關都知道他已經出人頭地，但他存了七十萬，想擴大自己的工作室。

已經有一年沒聽到夕季子的聲音了。當他得獎時祝賀「恭喜」的這句話，以及夕季子兩個月前生了寶寶，從丈夫和她自己的名字裡各取一個字，取名為夕美子這些事，都是從那陣子開始不時來東京散心的姊姊那裡聽到的。在那通電話裡，以及第二天早晨去東京車站送錢時，夕季子仍和以前一樣叫他「哥哥」。

當時兩個人在東京車站地下樓層的餐廳聊了三十分鐘。她丈夫想要自己開店，剛好在大馬路旁有一間很不錯的店面，她母親為了他們四處籌錢，但是還缺一百 萬。由於今晚就必須決定，所以她必須立刻搭車回去。

「我騙他們是向東京的朋友借錢，所以可不可以幫我保密？我不好意思告訴他們，但我說會順路來看你，把孩子帶給你看看。」

聽她這麼說，構治擔心那個叫香川的男人應該還為在婚禮上被揍的事耿耿於懷，但是他並沒有問出口。

夕季子果然帶了兩個月大的嬰兒一起來東京，當構治說「好可愛」時，她開玩笑地說：「就當是借錢的抵押品吧。」然後看著構治的相機說：「用你得獎的手幫我們母女拍幾張照吧。」十八年後，長大成人的這個女兒說可以透過鏡頭感受到構治對夕季子的熾熱眼神的，就是當時所拍攝的那幾張照片。在構治按了五次快門後，夕季子說大家都往這裡看，她覺得不好意思，於是揹著寶寶站了起來，她說：「這是幫小孩拍的照片，請你寄一份到家裡，你自己也留一份，有時候拿出來看一下，好好疼愛她一下。」

一年未見的夕季子，身上穿著在超市買的廉價襯衫。或許是因爲一下子從女孩升格爲妻子，又成爲母親的關係，和以前絲毫沒有改變的臉上少了那份稚氣。雖然她對著鏡頭扮鬼臉，但是已經少了結婚前的自然。從她稍微長肉的肩膀，可以看到一個爲了丈夫籌錢的堅強家庭主婦的身影。小孩在她的肩頭哭鬧，在剪票口所說的「一年之內，一定會還你」、「不急，什麼時候都可以」的這兩句話，成了他們最後的對話。

構治將沖洗出來的五張照片寄過去後，並沒有收到任何回音。兩個月後，某個秋意已深的夜晚，他接到姊姊痛哭失聲的電話，得知夕季子突然過世了。構治說當晚必須去洛杉磯，那是賭上自己一輩子前途的工作，無法參加葬禮，但會送花圈和奠儀。去洛杉磯根本是他信口開河，他無法解釋自己爲什麼不想參加葬禮。或許是不參加葬禮就不會對夕季子的死有眞實感，也就可以以爲她還在下關活得好好的；但也或許是覺得應該讓夕季子的丈夫香川獨自送她最後一程，自己最好不要插手……

當他聽到夕季子騎著腳踏車撞到大貨車時，曾經有那麼一剎那，他懷疑夕季子是自殺的，但車禍過失完全在對方，不可能是自殺。他似乎又聽到了夕季子說他「太臭美了」。他埋首於工作整整一個星期，某天半夜，他突然拿出在東京車站拍的那幾張照片。顯像液沖洗出來的那五張調皮扮著鬼臉的卻是身爲妻子和母親的女人的臉。他努力地從這幾張臉尋找那天晚上那個稚嫩的她，突然想起自己訓斥她「說什麼一輩子，太誇張了」的話。沒想到她的一生如此短暫，從那之後只有短短的兩年時光。早知如此，即使覺得那天晚上她說想要一起生活的話是無稽之談，也應該點頭答應。然而，他立刻搖頭甩開這個想法。他的耳邊似乎又響起了夕季子的那句話「哥哥，你太臭美了。」聽到她死訊的一個星期後，構治才流下淚。

3

「如果你和她上床時，有結婚的打算，我也沒什麼話好說。雖說有血緣關係，但夕美子和你結婚也沒什麼不可以，對現在的人來說，年齡不是問題，但是你根本就是玩玩而已。你是喝醉了酒侵犯她的。而且，別以為我不知道你在東京的生活。」

姊姊郁代搖著染黑滿頭白髮的頭，一開口就又重覆前天晚上說的話。

她似乎對夕美子的話深信不疑，由於電話裡說不清楚，於是構治昨天調整行程，搭今天一早的新幹線到下關。他這次返鄉，只通知姊姊。他在車站前的飯店一訂好房間，便立刻來到姊姊在通往站前廣場的商店街上的咖啡店。正確地說，夕季子去世三年後，他曾在雙親相繼去世時回來參加葬禮，至今已經有十五年不曾返鄉了。姊姊那家咖啡店的規模已經不可同日而語，但他根本無暇驚嘆。構治一走進店裡，姊姊那張最近長了和年齡相符的皺紋的臉氣得通紅。

那是因為八卦雜誌曾經三番兩次報導構治的緋聞，再加上姊姊來東京時，曾見識過構治的生活，所以即使被指摘女性關係複雜，他也無話可說。但在年齡足以當他女兒的姪孫的這件事上，他可是清白的。雖然時間是四個半月前，與夕美子去東京考試的時間吻合，但那段期間，儘管他有兩次喝得酩酊大醉回家，他還不至於墮落到連和女人發生關係都不記得，更何況他從來沒有把夕美子當成這種對象。

如果說與這個和夕季子長得很像的小女孩共同生活了半個月，他內心完全沒有泛起漣漪，那也是騙人的。但是構治已經不年輕了，不至於無視自己和高中剛畢業的小女孩之間的年齡差距，而把她當成自己洩欲的對象。雖然夕美子和時下的年輕人一樣，外表比實際年齡成熟，但這種年輕還不至於有魅力到足以撩動構治。

姊姊好不容易才相信特地抽空來到本州南端的構治的這番解釋。

「那到底是誰的孩子？她爲什麼要說這種謊？」

構治的腦海裡突然浮現前天晚上想到夕美子之前提到的「前輩」。但他覺得現在還不是告訴姊姊的時候。

「總之，我先找夕美子談一談。」

他話才說完，穿著和其他女服務生相同制服的夕美子剛好買東西回來。她似乎不知道構治會來。夕美子一看到他便轉過頭去用力抿著嘴。

構治把夕美子帶了出去。

兩個人默默地在商店街上走，最後走進小型遊樂園。石製購物在孩童離去後的寂靜暮色中靜靜地沉睡。

風吹動夕美子的髮梢，她沉默不語。

「他也是外表冷漠、內心熱情如火嗎？是妳前輩的吧？」

構治直截了當地問。構治認爲，她之前問他血型就是在試探他是否適合當她腹中胎兒的父親。

夕美子頭也不回地嘆著氣，點了點頭。

「他有老婆、孩子。雖然很認眞考慮離婚的事……」

「對學妹熱情如火，但是到了緊要關頭，卻冷漠地選擇家庭，讓一個還沒參加成人禮的小女生懷孕、不知所措，卻無法負起責任的男人，我可不屑和這種人有一樣的性格，我……」

「……你爲什麼不生氣？」

「我很生氣啊！」

「那就要表現出生氣的樣子啊！我現在最不想看的就是大人這種假裝通情達理的樣子。」

「當然要通情達埋。我的年紀大妳一倍，未婚媽媽一詞，除了聽起來很時髦之外，一無是處……」

「別說了。我已經決定要拿掉孩子，我晚上就會告訴外婆和爸爸，舅舅的事是我亂說的。」

「妳會嗎？在東京的話，我還無所謂，我可不想在下關有什麼不好的傳聞。別看我這樣，我至少希望在故鄉留下點美好的東西……」

「包括對我媽的回憶嗎？」

構治轉頭一看，夕美子正用挑釁的眼神看著他。

「你知道我爲什麼會說是你的嗎？因爲我知道你絕對不會生氣。我甚至以爲，就算你知道我說謊，也會承認是自己的孩子，和我結婚。」

「爲什麼？」

「因爲你很愛我媽，而我是我媽的孩子……」

「這就是妳的答案嗎？」構治笑了笑地說：「妳媽媽的確很漂亮，或許我也對她有點好感。但是她和別的男人結婚，而且也死了快二十年，我怎麼可能還記得？東京的生活沒那麼好混。妳別再說了。妳要我怎麼面對妳父親，還有，恕我直言，我不可能爲了袒護妳，把別的男人的小孩說成是自己的，我沒那麼善良。」

夕美子拚命觀察構治的表情，試圖說服自己他在說謊。「我會說實話。但是我喜歡你、希望你和我結婚，這話有一半是眞的。」她說完又轉過去。

聽她這麼一說，構治很擔心她說決定墮胎只是嘴巴上說說而已，但還是帶她回咖啡店，在姊姊郁代面前證明了自己的清白。一聽到她說「會拿掉孩子」，郁代便鬆了一口氣地說要立刻打電話把布美雄找來。布美雄就是入贅香川家的女婿，也就是去世的夕季子的丈夫、夕美子的父親。

「布美雄早就說田原先生絕不可能做這種事，我卻相信了夕美子的話……」

構治阻止她說下去，他說昨天一夜沒睡，要先回飯店睡一下，會在途中繞去布美雄的店。接著他告訴姊姊，明天回東京之前會再過來，便走出店門。

構治用眼神向夕美子打招呼時，她別過頭看著牆壁。她到底在生什麼氣？四十五歲的構治實在無法了解十八歲的女孩腦子裡在想什麼。只知道夕美子和十九年前的夕季子一樣，正處於危險的年紀，只不過這個汽球現在連接了一個小生命，搖搖欲墜地飄著。雖然覺得她有點可憐，但是構治不能伸出援手。

明天去夕季子的墳前祭拜一下吧。以前沒上過她的墳，十八年了，差不多該面對她的死亡了。他心裡這麼想著，緩緩地從商店街走向車站，在大樓錯落、低低地掛著「香川商店」的老舊招牌的店門口前停下腳步。四周已經轉暗，店裡沒有開燈，香川布美雄正在店門口用砂紙賣力地磨著水管上的鐵鏽。

在母親的葬禮上，他們交談過幾句，但至今也有十五年沒見面了。他比當時蒼老了許多，看起來像是構治的哥哥。他的鬢角已經花白。「他在家裡也和在別人家廚房修水管一樣。」姊姊曾經這樣評論過他。他在入贅的這個家裡，即使在夕季子死後，仍然守著他當女婿的立場，就像守著水管保持暢通一樣。他的個頭和店面都很小，在婚禮上，構治曾納悶夕季子爲什麼會選這樣的男人，但此刻看到他在暮色中賣力地用砂紙擦水管的樣子，構治覺得不能小看這個男人。雖然姊姊曾拜託他幫忙照顧咖啡店裡的生意，但他仍舊堅守著女婿的立場，堅守自己的工作。這樣的男人，活得比自己更安定。

構治在一旁看得出神。雖然他討厭「人生」或「一輩子」這麼重的字眼，但是看著眼前這個彎腰駝背的身影，他的腦海裡突然浮現「人生」這個字眼。他覺得自己似乎很久沒有這樣直接看人了。

香川終於發現了構治，他起身脫下工作帽，深深地鞠了一躬。他說已經接到咖啡店那邊打來的電話，了解狀況了。

「實在對不起，我就知道她在胡說……」

「沒事。」

構治說自己沒放在心上。他們站著聊了一兩分鐘。香川邀他晚上到家裡吃飯，構治很客氣地拒絕，走出店門。

香川起身的那一刻，構治突然覺得他特別高大，但不知這是否是只會躲在鏡頭後方、追逐謊言的男人對流著汗水工作的男人所產生的愧疚，還是把夕季子的照片藏了十八年這件事所產生的愧疚。即使香川已經忘了，構治仍然對當年婚禮上的那一拳難以釋懷。

果然不出所料，夕美子只是嘴巴上說說而已。構治在遊樂園時的擔心，在那天晚上成眞了。

構治在飯店頂樓的酒吧用餐，看著眼前的夜景，感慨這個城市變了，連大海也和以前不同，變成城市的附屬品了。關於夕季子幼年時代的回憶，似乎也被霓虹燈的色彩沖淡了，變得越來越遙遠。他很快吃完飯，回到房間，才剛睡著，電話響了。

是姊姊郁代打來的。她語帶哽咽地說，夕美子又堅稱肚子裡的孩子是舅舅的，不光是這樣，她還胡說了一些讓人傷腦筋的事，可不可以請你馬上過來。構治掛上電話，看了床頭的時鐘，指針指向九點半。他去浴室沖了沖頭，趕緊換上衣服。雖然走到姊姊家不過二十分鐘，但他還是跳上計程車。車子很快穿過商店街，從車窗看到香川的店已經拉下鐵門。司機用山口縣方言不斷搭訕，構治幾乎沒有理會。因爲，他覺得夕美子說的「讓人傷腦筋的事」，很可能就是自己愛夕季子這件事。

而這個擔心也成眞了。

五分鐘後，他踏進家門。門柱和石牆都一如往昔，燈光靜靜地從低矮房子的窗子透了出來，他一推開玄關就聽到裡面傳來香川的怒吼：「妳到底在胡說什麼？」就在此時，姊姊圓厚的身體踉蹌地跑了出來，揮著手說趕快進來。姊姊可能是忙於擴展咖啡店的關係，根本沒有餘力顧及家裡。構治穿過因爲漏水而變得斑駁的走道來到六張榻榻米大的客廳時，夕美子垂著頭坐著，整張臉都被頭髮遮住了。因爲憤怒而滿臉通紅的香川，一看到構治便立刻整了整絨布睡衣的衣領，低頭表示歉意。

聽姊姊說，三十分鐘前，香川逼問她，到底是誰的孩子，夕美子竟然說是舅舅的孩子，絕對不會錯。舅舅愛媽媽，因爲沒能和媽媽發生關係，所以拿我當替代品。

「你和夕季子親如兄妹，不知道她爲什麼會說這種話！夕美子，妳在舅舅面前把剛才的話再說一遍！妳騙得了我和爸爸，在舅舅面前可就不敢胡說了吧。」

夕美子撥了撥頭髮，抬起頭來。

「要我說幾次我都不怕，因爲我說的是眞的。舅舅眞的愛媽媽，媽媽也背叛爸爸，愛著舅舅。」

她的視線被淚光磨得十分銳利，直直刺向構治的眼睛。她已經完全崩潰了。這張激動的臉彷彿是十九年前那個晚上流下沾染睫毛膏的淚水的夕季子。構治突然閃過這個念頭，隨即知道自己爲什麼惹夕美子生氣了。她那雙怒目似乎在吶喊舅舅沒資格指責她喜歡上有家室的男人，因爲，即使媽媽結了婚，舅舅仍然沒有放棄。想到一個十八歲的女孩竟然如此袒護腹中胎兒的父親，不免替她感到可憐，但事到如今，也只能把那個前輩的事說出來了。「那麼，傍晚的時候，妳在遊樂園說……」

「我有證據。」夕美子打斷構治的話，跑去裡面的房間拿出照片，甩在三個大人面前。這照片就是在東京車站拍的那五張照片。那一剎那，構治的心頭一緊，以爲夕美子去東京時果然在藤村的詩集裡發現了那幾張照片。但還好並不是。

「你們看看媽媽的臉，她的嘴形……她在說『a i shi te ru（注）』。」

構治無法立刻理解她的意思。他太熟悉這幾張照片上的調皮表情了，十八年來，這些表情也已經褪成深棕色了；有的揚起眉毛，有的閉著眼睛，還有的歪著頭，或是聳著肩膀，原以爲她的嘴形只是配合這些動作時而嘟起時而撇向兩邊而已。但聽夕美子這麼一說，他將視線集中在嘴唇上，似乎眞的可以聽到那五張臉發出了五個音。至少按照夕美子排列的順序，前面那兩張的嘴形的確像是在練習「a」和「i」的發音。

「我愛你……」

夕美子的聲音彷彿突然變成了照片裡的夕季子。

「只是湊巧而已，根本就是在扮鬼臉。」

姊姊的嘀咕聲突然變得好遙遠。「對啊，只是湊巧而已。」構治嘴巴上這麼說，心裡卻拚命搖頭。我愛你。十八年前，在東京車站的餐廳裡，夕季子眞的這麼說了。

「不是。媽媽對著鏡頭對舅舅大聲說出了這句話。儘管已經結了婚、手上抱著我，舅舅應該聽得很清楚！」

不，我並沒有聽到，所以這十八年來始終沒有發現這件事。然而，此時此刻，這個聲音確實傳入了構治的耳朵。我愛你……夕季子大聲吶喊著。所以拍完這五張時，夕季子才會說「別拍了」、「這是小孩的照片，哥哥也要留一份」。她想要留下的並不是小孩的照片，而是想把這句話留給自己。

「這哪裡是什麼證據，不要把別人當傻瓜。」

香川將照片收好，放在矮桌上，當其中的一張掉在榻榻米上時，這十八年來，構治每次想到夕季子時，都會浮現的那句「別臭美了」消失了。

她愛我……

不，不光是夕季子愛我，我也愛她。雖然愛她，但因為是舅舅和外甥女的關係，因為她和別的男人結了婚，因為她以這個男人的妻子的身分去世，所以自己才把這份感情連同夕季子的臉一起當成幻影般的底片埋葬了。「別說什麼一輩子」，以前自己曾對夕季子這麼說，但一輩子其實不也很短暫嗎？在還沒能夠完全忘懷之前就聽到她的死訊，在強忍著淚水的日子裡，不也就過了大半輩子了嗎！

「我愛你。」他再度清晰地聽到了這個聲音，那一剎那，就像當年突然發怒一樣，在心頭

注：意思是我愛你。

壓抑了十八年的情感突然湧上心頭。為了掩飾眼中的淚水，構治突然莫名其妙地笑了起來。這些淚水終於將十八年來隱藏在內心深處的夕季子的臉顯影，然而顯影之後的卻是眼前這個小女孩的臉。他並不愛眼前這個小女孩，他愛的是夕季子，而這個小女孩子也不是眞的愛他……然而，既然可以把十九年前他與夕季子的眞心都當成了謊言，那麼為什麼不能讓眼前的謊言成眞……

他聽到香川的聲音。

「孩子是誰的？是東京人嗎？如果是，我現在就搭晚班車去找他。趕快說實話，孩子是誰的？」

「……是我的孩子。」

隨著喘息聲，這句話從他的嘴裡滑了出來。儘管小聲，卻立刻止息了香川的怒吼，他們三個人同時轉過來，所有的視線都集中在構治身上。而最驚訝的莫過於夕美子，但是構治自己比夕美子更驚訝，可見他剛才那句話是多麼自然而然地脫口而出。

「舅舅……」

夕美子不禁叫了一聲。

「夕美子，不好意思，剛才在遊樂園時，我還拜託妳替我說謊。現在已經瞞不住了，我就實話實說吧。我喝醉了和她上了床，我會負責的。夕美子也說會和我結婚，如果你們可以諒解，我會這麼做的。我會讓她把孩子生下來，扶養長大。夕美子說得沒錯，我曾經喜歡夕季子，沒能和她在一起，才把夕美子當成了替代品……」

構治緩緩地說著，似乎讓謊言一步步成眞了。他看著香川，知道自己每說一句話，那張消瘦的臉就越發憤怒。香川推開矮桌，照片全掉在榻榻米上，他一把抓住構治的胸口，姊姊用整個身體抱住香川，制止了他。構治一百也不動，只說：「如果要揍，可不可以等到婚禮？」然後把掉在榻榻米上的一張照片翻向正面。

「沒錯，我的確喜歡她，我是眞的愛上死去的夕季子。」姊姊郁代趕忙制止：「構治，要懂得分寸……」他用眼神示意姊姊別說了。「不，讓我說完吧。我眞的很愛她。她那麼可愛，我根本顧不了什麼血緣關係。但是，夕美子，有一件事妳要聽清楚了，妳媽媽對我完全沒有意思。對她來說，我只是從小和她一起玩的哥哥。我曾經很認眞地問她，一輩子不結婚、住在一起好嗎？她笑翻了，根本沒有把我當一回事。她在婚前曾經找我談，說是再也找不到這麼好的男人了，很想趕快結婚。拍這些照片時，她也說妳父親是溫柔體貼的好男人，她很幸福。既然這樣，她怎麼可能對別人說我愛你。雖然她結婚才一年多就死了，但是她得到了一輩子的幸福。」

絕對不能說她也愛我。面對這個在別人家的廚房、在商店街大樓的縫隙中、在這個家堅守著女婿立場，比我更努力活的男人，我怎麼能說那天晚上如果我點頭的話，她就會不顧一切，和我在一起，只因爲我沒答應，她才落寞地結婚了。

所謂的大人，知道該說什麼謊。構治至今仍然沒有忘記自己在十九年前那個夜晚所說的話「就算是實話，只要不能說的就絕口不提。」夕季子做到了，她就像小時候聽到「不許哭」而拚命忍住淚水一樣，遵守了我的話，遵守了哥哥的話，在第二天清晨的雨中街角，笑著說是「開玩笑的」，在東京車站的地下樓，也只藉由唇形說出「我愛你」。她是個笨蛋，既然要死，就應該大聲說出來再死；如果知道即將離開人世，這個善解人意的丈夫一定會原諒她的，即使結了婚、身為人母，卻仍然無法忘懷以前那個騎腳踏車帶自己去海邊的哥哥、仍然還是個小孩，就不必勉強自己當大人。構治從那張翻過來的照片裡，終於找到了他十八年來一直在尋找的幼稚線條。

不知道是不是被構治淡淡的說話聲給懾住了，香川甩開了岳母，走出房間，上了二樓。姊姊失去重心，跌在地上。「我從來不知道他力氣這麼大。」她一邊撫著腰一邊站了起來，「構治，你……」她露出歉疚的眼神。構治知道姊姊發現自己在說謊，儘管這樣他仍舊說：「這樣就解決了。能夠和這麼年輕的女孩結婚，也算是為我的風流史增光吧。」然後轉頭看著垂頭喪氣的夕美子。

「我已經決定了。夕美子，妳要和一個年齡比妳父親還大的人結婚，應該要多考慮一下吧。妳想清楚了就打電話到東京給我。妳父親和外婆也會有意見。只是……」

夕美子微微抬起頭，從她的髮絲縫隙中，可以看到她已經淚流滿面。

「如果妳決定要和我一起生活，就算妳父親他們反對，妳也必須不顧一切來找我。」

不，他不是對夕美子說的，而是終於對那天晚上把睫毛膏也哭花了的夕季子說的。

看到夕美子輕輕點頭，姊姊才抬頭看著天花板，擔心二樓的動靜，她說：「我並不反對……」然後好像突然想到似地撿起夕季子的照片，輕聲說：「對了，那次夕季子去東京前，在鏡子前仔細打扮了兩三個鐘頭。」三個人靜靜地喝著茶，彷彿只要一開口就會破壞構治好不容易用謊言建立起來的平靜。十分鐘後，構治站了起來。

他走出玄關，發現香川不知何時站在樓梯口，聳著肩膀，一副生氣的樣子。「我改天再來。」構治向他欠了欠身，香川舉起手來。原以爲他要動手，但他抓著構治的手臂，將他拉到二樓，讓構治坐在一間乾淨的小房間，把一本相簿放在他面前。

「那是我從高中時期開始拍的照片中挑選出來的，集成這一本。我一直希望能夠讓你這麼有名的攝影師過目。請說說你的看法。」

構治這才想起這個男人也喜歡攝影，他一邊翻著相簿一邊說：「很好，很棒。」他並不是奉承。雖然拍攝的技巧十分稚拙，但是那些溫柔地包容風景和建築物的角度，是自己早就已經遺忘的了。

不知道翻到第幾頁時，構治突然停住手。裡頭有兩張夕季子的照片，一張是在廚房做菜，一張是抱著孩子坐在鞦韆上。雖然他故作平靜地翻了過去，兩個畫面卻都深深地烙在心裡。照片裡的夕季子都在微笑，構治從來沒有看過這種微笑。那一刻的夕季子，正在與「愛」這麼重的字眼無緣的寧靜角落裡享受著詳和。儘管沒有動人的美麗，卻是從構治完全陌生的角度拍攝一個平凡的家庭主婦，就像拍攝山、樹和湖泊一樣地自然。

這個角度，正是這個男人的愛。

香川從不同於構治的另一個角度，愛著還活著時的夕季子，也愛著已經去世了的夕季子。自己剛才並沒有說錯，夕季子和香川共度的時光一定很幸福。香川或許只是想讓自己看這兩張夕季子的照片而已。

構治仔細看完每一頁後，又說了一聲「眞的很棒」。香川不好意思地低下頭。

之後香川從抽屜拿出一本老舊的存摺和印章，他問：「田原先生，不知道夕季子有沒有向你借三十萬？」構治早就忘了那筆錢。香川說，雖然夕季子說是向東京的朋友借的，但是她死後不曾有人來催討，所以我猜可能是這樣吧。構治老實地點點頭。香川說，十年前就已經存夠這筆錢了，並把存摺推到構治面前。「不用啦。」構治又推了回去。這樣來來回回了兩、三次後，構治用力握著存摺，突然想到，她終究是把那個寶寶當成借款的抵押品交給我了。接著構治意志堅定地把存摺推了回去。

「既然這樣，可不可以當成是部分的聘金？」

構治說完抬起頭來，靜靜等候夕美子父親的回覆。

後記

大學時代，我和母親在鄉下車站等車，爲了打發時間，我們一起走進一家小柏青哥店。雖然我們都是第一次玩，但小鋼珠不斷吐出來。平時我只看過母親工作的樣子，她用一看就知道和玩樂無緣的關節粗大的手靈巧地操作機台，拚命追著從盆子裡溢出的小鋼珠，將小鋼珠撿了回來。母親出身農家，她彎腰的動作看似在種田。雖然我無法明確解釋何以如此，但當我看到母親駝著像岩石般的身體時，似乎看到了她從大正初年、經歷戰爭、戰後的一生。雖然只有短短幾秒鐘的光景，卻是我記憶中最深刻的母親形象。

另外，上小學之前，我曾經無意間探頭看了父親的菸管，父親突然將菸管遞到我面前。父親幾乎大半時間都臥病在床，也很少理會家人，是極沉默寡言的人。當時他沒有說話，只是轉過頭來，將菸管遞過來，意思是問我要不要試試看。那是我記憶中，第一次看到父親正面的臉。不知是害怕父親還是害怕抽菸，我記得自己當時搖了搖頭便逃走了。但是否眞的是這樣，我已經忘了。我已經忘了整個來龍去脈，然而父親那一刻的臉卻深深留在腦海裡。

另外，我最近和熟識的評論家（容我寫出他的名字）關口苑生先生以及像他妹妹般可愛的姪女，三個人走在黎明的荻窪街道。空中下著秋天微冷的雨，與東京這種髒雨很搭調的舅舅和來自本州南端、有著一身和東京格格不入的白皙皮膚的姪女共撐一把傘，有點拘束地默默走著。在同一把傘下，他們既像兄妹，也像情人。我突然壞心眼地在那一瞬間把他們幻想成一對情侶，出神地看著他們兩個人在黎明細雨中的身影。

故事裡也有一些實際的場景。

一般人有時候會露出連職業演員也自嘆不如的表情，或說出一些經典話語。我雖然無法拍下或錄下這些和我或多或少有點關係的人的表情、話語，卻可以藉由一些小故事將它化爲文字；有描寫母親故事的〈紅唇〉，也有像〈我的舅舅〉那樣，描寫兩名與確有其人相似的故事，並從前述的荻窪雨中小景裡杜撰出情節。

我身邊的人，或是曾經見過兩、三次的人，幾乎都以眞實姓名出現在其他的故事裡。

作品中的某些話語，是我在生活中親耳聽到的。

這是我寫給那些提供經典場景、經典台詞的各位非職業卻是優秀名演員的「情書」。

（昭和五十九年四月）

家圖書館出版品預行編目（CIP）資料

青書／連城三紀彥著；王蘊潔譯 . -- 三版 .
- 臺北市：麥田出版：英屬蓋曼群島商家庭
傳媒股份有限公司城邦分公司發行，2024.11
面；　公分
譯自：恋文

SBN 978-626-310-742-7（平裝）

361.57　　　　　　113011935

BN ｜ 978-626-310-742-7
子書｜ 9786263107403（EPUB）
inted in Taiwan.

日本暢銷小說 13

情書

作者｜連城三紀彥
譯者｜王蘊潔
封面設計｜蕭旭芳
責任編輯｜丁寧

國際版權｜吳玲緯　楊靜
行銷｜闕志勳　吳宇軒　余一霞
業務｜李再星　陳美燕　李振東
總編輯｜巫維珍
編輯總監｜劉麗真
事業群總經理｜謝至平
發行人｜何飛鵬
出版｜麥田出版
台北市南港區昆陽街 16 號 4 樓
電話：886-2-25000888　傳真：886-2-2500-1951
發行｜英屬蓋曼群島商家庭傳媒股份有限公司城邦分公司
台北市南港區昆陽街 16 號 8 樓
電話：02-25007718；25007719
24 小時傳真專線：02-25001990；25001991
服務時間：週一至週五
上午 09:30-12:00；下午 13:30-17:00
劃撥帳號：19863813　戶名：書虫股份有限公司
讀者服務信箱：service@readingclub.com.tw
城邦網址：http://www.cite.com.tw
香港發行所｜城邦（香港）出版集團有限公司
香港九龍土瓜灣土瓜灣道 86 號順聯工業大廈 6 樓 A 室
電話：852-25086231　傳真：852-25789337
電子信箱：hkcite@biznetvigator.com
馬新發行所｜城邦（馬新）出版集團
Cite（M）Sdn. Bhd.（458372U）
41, Jalan Radin Anum, Bandar Baru Seri Petaling,
57000 Kuala Lumpur, Malaysia.
電話：+ 6 (03) - 90563833　傳真：+ 6 (03) - 90576622
電子信箱：services@cite.my

印刷｜中原造像股份有限公司
初版｜ 2006 年 7 月
三版一刷｜ 2024 年 11 月
定價｜ 340 元